"十一五"全国高等院校艺术设计专业规划教材

二维设计构成

侯 莹 宋 达 编著

U0125167

北方联合出版传媒（集团）股份有限公司

辽宁科学技术出版社

沈阳

图书在版编目（CIP）数据

二维设计构成/侯莹，宋达编著．－沈阳：辽宁
科学技术出版社，2010.3
"十一五"全国高等院校艺术设计专业规划教材
ISBN 978-7-5381-6282-0

Ⅰ．①二…　Ⅱ．①侯…　②宋…　Ⅲ．①造型（艺术）
－高等学校－教材　Ⅳ．①J06

中国版本图书馆CIP数据核字（2010）第030151号

出版发行：北方联合出版传媒（集团）股份有限公司
　　　　　辽宁科学技术出版社
　　　　　（地址：沈阳市和平区十一纬路29号　邮编：110003）
印　刷　者：北京蓝图印刷有限公司
经　销　者：各地新华书店
幅面尺寸：185mm×260mm
印　　　张：14.75
字　　　数：350千字
出版时间：2010年3月第1版
印刷时间：2010年3月第1次印刷
责任编辑：郑松昌
封面设计：吴　娜
版式设计：博雅思企划
责任校对：侯立萍
书　　　号：ISBN 978-7-5381-6282-0
定　　　价：59.00元

联系电话：024-23284376　010-88382455
邮购热线：024-23284502　010-88384660
E-mail:sdlk_book@163.com
http://www.book-age.com
本书网址：www.lnkj.cn/uri.sh/6282

"十一五"全国高等院校艺术设计专业规划教材

编写委员会

主　任：陈志莹

副主任：高金锁　苗延荣　王艺湘　孙　明

编　委（按汉语拼音排列）：

前　言

"构成"来自欧洲的"构成主义"艺术运动和德国魏玛包豪斯设计运动，是将"构成主义"的要素纳入在设计基础训练中，强调对形式的客观分析，揭示事物与事物之间内在联系的本质。"构成"具有建构、组合、重构的意义。

本书较为系统地介绍了二维构成的理论知识，结合实例范图，直观、简洁、形象地讲述了其内容，便于学生理解掌握。

全书分为三大知识结构板块，即平面构成、色彩构成的基础知识以及二维构成在设计中的应用。笔者结合多年的实践教学经验，将二维构成基础知识分门别类地与各个设计领域相结合，更好地发挥了二维构成在设计中的纽带连接作用，更好地与实践教学相结合。

该书的平面构成部分（第一章到第四章）由宋达编写，色彩构成部分（第五章到第八章）和二维构成在设计中的应用部分（第九章）由侯莹编写。

艺术设计教育其基本宗旨是培养适应现代科学与艺术发展的高素质专业人才。具体体现在艺术设计教学中，则是最大限度地启发和挖掘学生的主观能动性，激发其创作欲望和主动意识。

平面构成、色彩构成、立体构成组合称为"三大构成"，它们都是设计造型的基础，形成了在艺术设计专业学习中相对独立、完善的训练体系。平面构成和色彩构成主要是研究二维空间的设计基础理论，此书中合称为二维构成。二维构成是所有艺术设计类院校形态造型基础的必修课。

"二维构成"这一课程设置就是以此为目的的重要训练手段之一，也是培养学生创造性与艺术性、理性与感性完美结合必经之途，是艺术设计体系基础的基础，是艺术设计基础课程的必修课。

平面构成，在理论知识上，讲授必须掌握的构成知识，并给学生提供一部分理论阅读材料，供学生课后掌握。特别强调一些较常识性的知识点，让学生了解这应作为一个设计师最基本的素质来掌握。并加以大量的配套作业范图来讲解，让学生在实践中来体会平面构成知识的神奇效果，从而更深层次地掌握，达到融会贯通，充分启迪学生发挥能动性，培养学生的创造性思维，标新立异，在熟练运用平面构成知识中，让自己的创意得以发挥。

色彩构成是一门涉及物理、光学、生理学、视觉心理学、美学、逻辑学等相关理论的多学科交叉的艺术设计基础造型课程，是研究自然色彩与人工色彩、理性色彩与感性色彩深化构成表达的课程。从人们对色彩的视觉效应出发，运用科学理论与艺术审美相结合的法则，充分发挥人的主观能动和心理联想，运用色彩的量质变化和空间变换，对色彩进行以基本元素为单位的组合、配置，从而创造出多层面、多角度、多功能的设计色彩。

约翰·伊顿指出：色彩就是生命，因为一个没有色彩的世界，在我们看来就像死的一般。色彩具有强烈的情感表现力，只有热爱色彩的人，才能领会色彩的美及其内在的实质。对于刚入校的设计专业的学生来说，色彩知识非常有限，对于色彩仅限于高中时期对于风景及静物写生的绘画色彩。色彩强调再现性，重视物体的固有色、条件色和环境色，色彩讲求微妙、客观、空间和写实。而艺术设计教育中对于图形、色彩的要求是与人的情感密切相关，还要具有科学性和实用性，讲求强烈、构成、平面和写意。所以对学生必须在认识上要有一个重要的转变，就是思维方式的转变。观察方法由静止变为运动，认知方式由常规变为主客观的结合，思维方式由形象思维变为逻辑思维和辩证思维的结合。

色彩构成是从理论上研究不同配色的调和、表情及其对形态和空间的影响。在这门课程中，学生们最易在琐碎的调色中迷失方向，很多学生会问：我们这样不断练习各种配色就能掌握普遍的色彩规律吗？这些练习对以后的设计会起作用吗？对于这个问题，伊顿早就有过回答：如果你能不知不觉地创作出色彩的杰作来，那么你创造时就不需要色彩知识。但是，如果你不能在没有色彩知识的情况下创作出色彩的杰作来，那你就应当去寻求色彩知识。为了避免学生们一开始的无目的性，在讲述了三属性的基础理论之后，可以安排色彩的采集、重构等课题。在这些课题中，首先可以让学生们了解优秀配色的条件和面貌，分析优秀配色的主要色彩关系、色彩面积的比例关系、三属性的特点，从而抓住色谱组成的本质，然后以色轮为参照，举一反三可以发展新的色彩形象，产生不同的心理效应。

在这个课题结束之后，学生们对于色彩三属性的认识、调色的经验、配色的规律都会有一个基本的认识。之后可以进行色调和色彩形象的研究，把色彩的配置与人的情感相联系，不再从色相或明度、纯度上做简单的色调练习，可以分别布置几组形象联系、构图和造型，可以依据形象做抽象的点线面组合。如最经常训练的对"四季"的色彩感受，对"自己的形象"的色彩表达，对"情绪"的表达都可以分组进行。在这里会出现两个问题：一个是会发现学生们的色彩偏爱，在色彩构成的课程里是对基础色彩知识的学习和运用，因此对色彩偏爱要加以限制，应该让学生们尝试所有的色彩面貌，这些新鲜的面孔可能会产生新的不可预知的创造力；另一个是会发现学生们虽然感受体会各有不同，但对于季节的描绘都会有非常准确的表达，从这里我们可以让学生们明确，艺术不能只停留在只可意会不可言传上，而要客观地了解掌握所有的配色规律和表情，用训练有素的色彩思路和色彩基础知识去指导我们的设计实践活动。

此书的末章较为系统地介绍在当今设计领域中关于二维构成理论趋向及实效运用。二维构成作为各类设计课程的基础课程，其教学内容和方法随着设计类教学的进步，也在不断地改良和创新。不再是空泛的纸上谈兵式的训练，而是逐步深入到各个专业领域，向有针对性、开拓性的教学方法迈进。

目　录

第一章 二维构成

第一节 构成艺术的概述

构成，是指一种造型概念，同时也是现代造型设计的一个术语。它是将两个或两个以上的元素组合一起，或者是将组合在一起的两个或两个以上的元素经分解后再进行组合，同时也是按照美的视觉效果、力学的原理进行编排和组合。它是以理性和逻辑推理来创造形象，研究形象与形象之间的排列方法，是理性与感性相结合的产物。

从广义上讲，它是人类社会和自然界各个领域普遍使用的概念。构成既可以是组合，也可以是分解。对于构成的认识，我们还可以理解为组装、建造、结构、构图及造型。因此，它既可以是平面的，也可以是立体的、空间的。构成具有一定的广泛性，但与"平面"二字结合后，就特指视觉元素在二次元的平面上所进行的活动，就自然地与立体和空间区别开来。平面构成是一种基础的造型活动，是一门研究形态的创造方法的基础学科，它的活动过程就是从组合到分解再到组合的一种过程。

从功能上看，构成艺术是形式感的艺术，是解决众多的工业产品——现代建筑、城市规划、传达媒介的设计问题，它的体系、策略、设计观、技术体系是用来设计如何满足社会需求、商业需求的通道和桥梁。而设计的社会功能问题是设计永恒不变的主题。

构成设计作为造型训练的一种常规使用手法，主要是在于它打破了传统美术对于具象描写的局限思维，而主要是从抽象形态入手，为的是培养学生对形的敏感性，在开拓学生对形的抽象思维的同时也反映出了现代生活的审美理想。

第二节 构成的源流

自19世纪，人们对于宏观和微观宇宙物质结构有了逐步认识和了解，对于事物内部结构的探讨更为重视，并且这一点对艺术也产生了深远的影响。如要达到有秩序的认识，要通过现象掌握事物内部结构，并从内部结构认识上去认识事物。强调不仅要从事物的个别成分和事物外在的现象去认识它，而且要从成分内部之间的关系去认识，即从结构的整体上去认识。

20世纪是建立在最新发展的量子力学基础之上的微观认识论，人们更为关注事物内部的结构，这种由宏观认识到微观认识的深化，也影响了造型艺术规律的发展。因此，平面构成的认识源于自然科学和哲学认识论的发展。

构成观念可以说早在西方绘画中就可见到其影子。如立体主义绘画、俄国的构成主义、荷兰的新造型主义，它们都主张放弃传统的写实，直到1919年世界上第一所设计教育学院——包豪斯学院成立。包豪斯是现代设计教育的发源地，它通过教学体系的改革，开设平面构成、色彩构成、立体构成等一系列新兴的课程作为设计教学基础课程开始教学，取代了古老单纯绘画式的教学模式，对学生进行严格的视觉能力训练，使学生的视觉敏感性达到理性的水平，对材料、结构、肌理、色彩有科学技术的理解，而不再是单纯的艺术家个人的见解。强调形式追随市场，集体工作是设计的核心，提出艺术家、企业家、技术人员应该紧密结合，学生的作品与企业项目密切结合。这些思想、观念、方法一直持续到现在。这样教学模式为现代设计教育奠定了重要的基础，也成功地培养出一批批伟大的设计师。

伊顿、克利、康定斯基等教师的课程都建立在严格的理论体系基础之上，他们把色彩、平面与立体形式、肌理、对传统绘画的理性分析混为一体，具有强烈的达达主义特点，同时具有德国表现主义绘画创作方法的特点，既有严格的理论体系，又强调和实践的结合（图1-1～图1-3）。当时的包豪斯以其崭新的教育方法和一流的教授群体为世人所敬佩。而当时任教于该学校的瑞士画家、美术理论家和色彩学家约翰内斯·伊顿在教学过程中开设了基础课程，他撰写的《设计与形态》和《色彩艺术》等著作开拓了构成艺术。因此，由伊顿所创立的基础课程可以说是包豪斯学校设计教学的一个重要基础，同时也是包豪斯教学方法存留给现代设计教学中的一个重要硕果。训练的最终目的是设计，而不是单纯地为训练而训练。这是包豪斯基础课的特点，也是对现代设计教育最大的贡献。现代西方设计教学体系中的基础课程，包括我国近年来所引进的三大构成课，都是从伊顿在20世纪20年代创立的基础课程上发展起来的，也奠定了构成设计观念在现代设计训练及应用中的地位和作用。20世纪70年代以来，平面构成作为设计基础，已广泛应用于工业设计、建筑设计、平面设计、时装设计、舞台美术、视觉传递等领域。

今天所广泛开设的设计构成课程，在课程的内容上已经历经了历史上几代人的逐渐积累和不断完善。它是科学的产物，综合了现代物理学、光学、数学、心理学、美学的成就，其涉及的知识结构方面，内容和形式都是相对开放而多元化的。它也扩大了传统抽象图案和几何图案的表现领域，大大地丰富了装饰图案的图像和表现手段。在现代设计基础的教学训练中，设计构成作为艺术设计的基础课程，对于培养学生的艺术思维能力和设计能力，起着很大的作用，对现代艺术设计的发展也有着极大的启发性。

图1-1　康定斯基的代表作品

图1-2 康定斯基构成第八号（作于1923年）

图1-3 包豪斯学院的创始人沃尔特·格罗佩斯的建筑设计作品

第三节 二维构成的界定

所谓二维构成，就是我们在二维的空间里去探求形体和色彩的组合形式。构，构造、结构；成，组成，将一切自然的、艺术创想的形式美，通过理性的思维，将其概括成为法则和规律，并且为设计类的任何专业通用。

二维构成从内容上分为平面构成和色彩构成。它是一个极具弹性的模式，它包括设计思维和设计表现方式两方面的训练。二维构成本身不是目的，而是一种手段，是从纯艺术绘画的角度过渡到设计状态的桥梁和必经的路程。

在二维构成的原理中，包含了一些法则和规律，即形态之间的比例、平衡、对比、节奏、律动、推移等。捕捉和挖掘自然界存在的真实美，创造并寻找新的设计形态，利用这些规律将设计"语汇"以崭新的方式概括组合并呈现出来，形成新的视觉形式语言，这就是设计创新的过程。不断地实践，广泛地采集、借鉴并吸收，增强自身对形式美的感受，甚至创造一些偶发的形式，这就是二维构成，也是设计思维和设计创新的重要源泉。二维构成作为设计类教学的必修基础课程，它不仅是很重要的，而且是不可替代的基础课程。在二维构成中讲述的很多法则、规律，我们绝不能机械地纯理性地照搬套用这些法则。

第四节　二维构成的学习方法

学习需要过程，作为设计基础课程我们需要通过各种训练牢牢地掌握这些法则和规律，一旦掌握了就会把所学的知识上升到一个新的高度。艺术美的原则不变、创意的精神不变，融会贯通所有的知识，将其灵活运用到自己的设计中去，才能创作出更好的设计作品。设计艺术是包罗万象的，设计水平的提高依赖于设计师综合素质的培养，仅仅学习构成是远远不够的，创新应该是真正意义的创新，不仅有形式法则的突破，还要有设计内涵及文化底蕴的滋养。

所以，我们要多关注当代艺术的发展和现状，关注当代的新技术、新思想。要具备极其敏锐的观察能力、感受能力，广泛地接触艺术的各种表现形式，收集生活中的点点滴滴，最值得我们学习和研究的就是生活本身，即大自然。构成的理论很多也是从生活、大自然中提取的，艺术来源于生活，且高于生活。注意观察身边的事物，才能让一名合格的设计师更有创造能力。

著名的建筑大师贝聿铭设计的卢浮宫扩建工程（图1-4）。其设计构想打破常规思想，改变了历史的模式，超越现实状态，避免了成为古老的卢浮宫的孪生姐妹篇，创造出一个时空交错感很强，现代感简洁的线条与古老烦琐的建筑风格、材质、高新技术应用等方面都形成鲜明的对比，与古老的经典尊贵的卢浮宫交映成辉，体现了卢浮宫无论是在历史、当代、还是在未来都是人类最宝贵的艺术财富，是推陈出新、另辟蹊径、独树一帜的设计典范，是一个绝世经典的建筑设计作品。

图1-4　贝聿铭设计的卢浮宫扩建工程

第二章 平面构成基本要素与形态

第一节 平面构成的概念

一、平面

指长与宽的两度空间。在艺术设计中它主要解决在长、宽二维空间内的造型问题。

二、构成

也就是"组装"的意思，就是将平面空间设计中所需要的诸要素，像机器零件那样，按照美的形式法则进行"组装"，或者将其原先的秩序拆分、重组，形成一个新的、适合设计需要、符合视觉美的二维空间效果。

三、平面构成

平面构成是一种平面的视觉形象的构成。它主要研究在二维空间内如何利用造型的基本元素创造形象，如何处理形象与形象之间的关系，如何按照形式美法则创造一种视觉上和知觉上的美的关系，从而构成理想形式的组合方式。它重在研究和分析视觉语言形态、空间、运动、比例等因素的变化和形式规律。在人们的视觉中都是和一定的形态结合在一起的，这个形态是千变万化的，有具象的、有抽象的，都可以概括为点、线、面等基础元素而不断地变换、重组。

第二节 平面构成的基本要素

平面构成的目的之一是在于创造美的形态。虽然在客观世界中各种形态千变万化，但都有其一定的内在规律。作为平面构成教学目的不是单纯重视形态的结果，更侧重于形态创造的方法、造型的方法。

平面构成中的点、线、面作为一种造型语言可构成任何形态，同时，任何形态又可以分解成为点、线、面。

点、线、面，是在一种抽象的视觉方式下呈现的，是归纳与提炼的结果。阿恩海姆在《艺术与视觉》中指出："人的眼睛倾向于把任何一个刺激式样看成已知条件所允许达到的最简单的形状。"康定斯基在他的著作《点线面——抽象艺术的基础》中分析了物象最基层的内在关系，将其归结为点、线与面的组合。

一、点

（一）点的定义

《辞海》对点的解释为：①细小的痕迹。如：斑点。《晋书·袁宏传》："如彼白圭，质无尘点。"②液体的小滴。如：雨点。③汉字笔画的一种，即"丶"。

《英汉大字典》对点的解释为：①点，小点，小圆点。②点状物；微小的东西；少量，一点儿。③（莫尔斯电码中的）点（莫尔斯电码由点和画组成）。④【数】（代替乘号的）点；小数点。⑤【音】附点；顿音记号。

从造型意义上说点必须有其形象存在才是可见的。因此，点是具有空间位置的视觉单位。它没有上下、左右的连接性与方向性。它可以是具象的形态，也可是抽象的符号，其大小决不可以超越当作视觉单位"点"的限度，超越这个限度就失去了点的性质，就成为"形"或"面"了。所以平面构成中的点在平面空间中，必须有大小，有位置，有形态。越小的点，其点的感觉越强，越大的点则越有面的感觉。故有面是点的扩大之说。要具体划分其差别界限，必须从它所处的具体位置的对比关系来决定。

（二）点的性质

1. 点具有某种内倾性，康定斯基说："点本质上是最简洁的形。它是内倾的，它从未完全失去这一特点——即使它的外表是锯齿形的情况下也是如此……点是一个微小的世界——大致上每一边都相等，并与周围完全隔绝。它能被环境吸收的程度是极少的，而当它已经准确地形成了圆形时，这种吸收是完全做不到的。另外，它稳固地站在它的土地上，丝毫也不偏向任何一方。"

2. 点具有一定大小。在视觉形式中。点与面之间有时并无绝对的界限，是点是面取决于点与画面的比例关系以及点与其他形之间的比例关系。

3. 点具有一定形态。点可以具有任何形状，如几何形、有机性或自由形。

从点的作用看，它是力的中心。当画面中只有一个点时，人们的视线就集中在这个点上，它具有紧张性。因此，点在画面的空间中，具有张力作用。从其形态而言，则以圆点，其点的感觉最为强劲，而轮廓复杂或中空的点则显得较弱。在平面设计中，由于这一作用便可发挥其占据空间的效能。而点的排列，以等间隔在一条直线上，则产生线的感觉，因此人的视线总是由一个点到另外一个点，不断移动，并且距离较近的点的引力比距离远的点来得更强。如果在以此虚线往上下或左右方向延伸，则会产生虚面的感觉。

（三）点的错视

所谓"错视"，就是视觉感觉与客观事实不相一致的现象。点所处的位置，随着其形态、色彩、明度和环境条件等的变化，便会产生远近、大小等变化的错觉。例如在黑底上的白点与白底上的黑点的视觉变化，明显看出白点大黑点小。因此在设计中要注意突出与减弱的处理，注意其周围的环境的面积大小、疏密对比、色彩变化等相互比较关系而导致的视错觉（图2-1～图2-3）。

在艺术设计实践中，视错觉是一个很重要的并且很容易被人忽略的问题，视错觉因素可以很巧妙、很含蓄地弥补设计对象的缺陷，是使设计作品能达到最佳视觉效果的捷径之一，也是降低其制作成本的有效手段之一。

在图2-4中，展示的是一组光盘表面上的图案设计，由于其圆心周围的色彩、图案等的变化，在视觉感觉上会觉得圆心的大小是有所差别、各不相同的，但是客观实际上其圆心的面积大小是相等的，形成这种错视的原因，一目了然；另外图形下面的一行英文字母，由相同大小的点组成，同样是因为其色彩、间距、背景色的不同，才导致视觉效果不同的，这就是视错觉的现象。

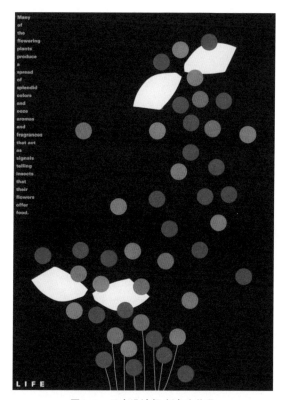

图2-1　日本设计师 新岛实作品

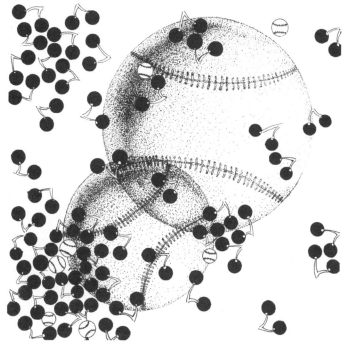

图2-2　学生作品（许隽）

图2-3　学生作品（叶永权）

图2-4

二、线

（一）线的定义

《辞海》对线的解释为：①细长像线的东西。如：光线；线香。②界线。如：国境线。

《英汉大字典》对线的解释为：①线、绳、索。②纹路；皱纹；掌纹。③【数】线；直线；【音】谱线。④赤道；（地球或天体上的任何）圆周线、弧线。⑤界线，边界。⑥［体］界线，场界；（击剑中的）击剑线。⑦（不同事物的）分界；界限。⑧轮廓（线）。⑨电话线。⑩线路；（行进的）路线。⑪管道。

《中国大百科全书·美术Ⅱ》对线的解释为：线，美术作品的重要表现因素。按几何定义，线是点的延伸。其定向延伸是直线。变向延伸称曲线。直线和曲线是线构成的两大系列。线作为几何含义不具有宽度和厚度，它是绘画借以表示形在空间中位置和长度的手段。人们用线画出物体的形状和态势。

　　线是点在移动中留下的轨迹（图2-5）。它是由破坏点的静止状态而产生的，由动态转变到了静态，并且它还是一切形的边缘及面与面的交界。几何学上的线没有粗细之分，只有长度和线形。而对平面构成来说，由于视觉表现的需要，线不但要有长度、线形之说，还有其粗细程度之分。线是各种相关设计中至关重要的要素。如：在造型设计中的外形轮廓线、内部结构线等；在平面设计中的线条的分布、各种构图骨骼线等；在建筑设计中外至主体建筑的边缘外轮廓线、内至建筑物水泥等内部结构线，小到每一个空间的内部分割线等任何部分的设计，无不先围绕着线条的各种处理展开设计，然后再向更深度进行拓展。

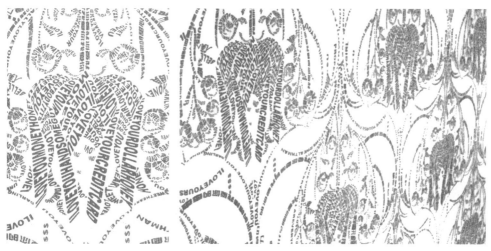

图2-5　点的移动

　　图2-6是我国2008奥运会的主会场国家体育场（鸟巢），它就是利用线的相互交织而构成的完美建筑，是设计和建造的完美结合，得到了全世界的赞美。鸟巢以简练的曲线线条作为外轮廓，用一些不规则的直线加以分割，利用线的分割出的镂空部分，里面的会场清晰可见，有种空间交错的幻化视觉效果，很好地利用线条的情感联想性质，体现出我们几千年中华民族的文化精髓，外柔内刚，为政简惠。

图2-6　国家体育场（鸟巢）

（二）线的性质

　　线比点具有更强的感情性格，而点的移动速度直接支配和影响着线的性质。如点移动速度的快慢，决定着线的流畅程度，以及点移动方向的变化都会使得线产生各种性格的突变，线在造型艺术中有着非常重要的作用。

　　此外，在平面构成中，线通过不同方式的排列，可给人以三维空间的感觉。在同一平面上，线的粗细不同即可产生远近关系，粗线给人以前进感，细线则后退；而如果线的粗细和长度一定的话，深色的线感觉比浅色的线前进一些。另外，如果线的粗细、长度、明暗均相同的情况下，配置中间隔密集的线群比间隔宽松的显得后退一些。如上所述，在平面构成中，充分利用其性质所产生的相互作用，便可在平面的纸上较好地表现三维效果。

生活中我们看到的线各种各样，从性质上来说，线可以分为两种：直线与曲线。从形态上来说，线可以分为几何形线条与自由形线。康定斯基在分析直线的基本属性时指出：直线是由一种来自外部的力量使点按某种方向运动产生的。直线主要包括水平线、垂直线与对角线，其他任何直线都是这三种类型的变通形式。不断从线的两端向直线施加压力，就形成了曲线的基本形态。曲线包括波浪线、锯齿线、螺旋线等。在一条直线上依次交替使用作用力与反作用力形成波浪线。每种线都有自己的性格特点。在设计中所承担的角色和任务也不尽相同，呈现出的视觉的效果就各具特色。一般而言，几何形线呈现了单纯而直率、有序而稳定的特点，自由形线呈现了自由而放松、无序而富有个性的特点。粗线具有力度，起强调作用，细线则精致而细腻、婉约。

1. 直线

包括垂直线、水平线和倾斜线。具有男性简洁明了直率的性格，并且彰显出一种力量的美。图 2-7 为日本设计师小岛郎平的作品。

图 2-8 为西班牙 Sant Boi de Llobregat 司法大厦，大厦的外延设计完全由不同宽度、一定长度的垂直线条的组合，大胆利用直线的性格特性，简练、错落、单纯的垂直线条组合，不同疏密的直线条的活动窗，镂空地展现了其内部的建筑结构、门窗、房间，配合单纯的白色作为主体色。很准确地衬托了法律的公开、平等、公正、严明、至高无上。

2. 曲线

假若两种力按照不断施压的方式同时作用于直线的端点，使两端同样弯曲，那就形成了曲线。形成曲线的最主要的作用力在于"张力"，减弱曲线弧度的力是"抑制力"，曲线自身的弹性和这些力混杂在一起，曲线就有了不同的面貌，具有感性的、优雅的、速度的、丰满的、流动的，女性特征较强。这里概括地分为简单曲线和自由曲线。简单曲线给人规范、准确、冷静、单纯、明快的感觉；自由曲线则给人随意、自由、柔和、偶然、奔放、洒脱的感觉。

图 2-9 是 2008 北京奥运会主会场的主火炬的形象，造型简洁优美。设计者利用了现场的环境，巧妙地利用曲线的延伸性和直线的伸展性，使二维空间三维化，使主火炬的形象跃然显现。从各个角度看都是曲线在空间中灵动的分布与排列，彰显了主火炬优雅的魅力，更隐喻着中华民族无穷的智慧和自强不息、积极进取的精神。

图2-7 小岛郎平作品

图2-8 西班牙Sant Boi de Llobregat 司法大厦

图2-9 2008北京奥运会主会场的主火炬

（1）简单曲线

简单的曲线也就是几何曲线，是科学的、有规律的、有名称的曲线，它的线条是平缓的、数理性的，作用力和反作用力是和谐的，有时候具有女性化的特征。它的典型表现是圆周，有着对称和秩序性的美。在设计中有组织地加以变化，可以取得较好的效果。常见的有：正圆形、扁圆形、卵圆形及涡线型等。

图 2-10 中，设计作品是很优秀的瓷器组合设计，黑色的瓶子象征着女性，白色的瓶子象征着男性。一高一低，一黑一白。一个简单的略微弯曲的近似直线的线条，一个由圆润饱满的曲线线条相互依存、包容，两个容器的造型就是几何曲线的运用。造型高贵典雅，和谐有秩序的曲线使得无生命的容器多了几分情感色彩，日本设计师运用黑白两种中性色彩诠释着东方的彩色观，传达出黑白两色的静谧与高贵，空灵与赋予想象。令其更具东方神韵的理性化和抽象化。

图2-10

（2）自由曲线

自由曲线是偶发的曲线。它的美主要表现在其自然的伸展，它有节奏、韵律，并更具有柔软及弹性，在大自然中很多生物的外轮廓都是曲线构成的。很多仿生类的设计方式，也是利用这些自然美作为基础，加以提炼、变形，创造出丰富、变幻、人性化的设计作品（图2-11、图2-12）。另外不同的材质会创造不同性格的曲线，比如金属类、纤维类、纺织品类、建筑材料类等。

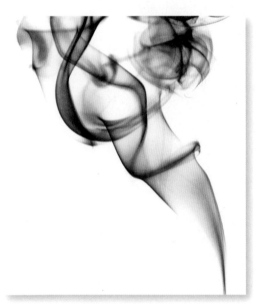

图2-11　自由曲线

图2-12　自由曲线

图 2-13 设计作品是坐落于葡萄牙 Vila do Conde 博物馆花园的多功能花亭，花亭的功能、目的是为儿童和游人提供可休息和停留的空间，设计师利用简单的造型、有规律的自由曲线作为花亭顶的顶部造型，结构线、分割线，大胆的镂空形式打破了凉亭固有的单纯的圆顶模式，富有创意的造型巧妙与具有很强韧性的钢材质完美结合。

图 2-14 直线和曲线组成了一对最基本的对立线。在圆形的造形中，在简单的曲线的衬托下和直线交错在一起，通过各自线条的粗细、明暗、疏密等的变化，创造出不同的视觉效果，更能体现出直线的简练、刚直、纯粹，曲线的温柔、优美。同时直线和曲线也是一种对比构成的形式。对比是一种非常有视觉冲击力的一

图2-13　葡萄牙Vila do Conde博物馆花园的多功能花亭

种表现手法，在设计中是经常被使用的，关于对比此书后面部分会做更详细的讲解，这里可以自己仔细观察鸟巢等图例，认真体会、感受。

图2-14

（3）自然形态的线

在植物、矿物、动物等自然现象中，存在着无数形态的线条和线条的组合，它们构成了一些任意的线条，也有的能呈现出不规则的几何形结构。这些自然形态的物质它们在主体结构上打破了几何形态的单一，呈现出灵动自由、富有变化的特点。图2-15是自然界中一种常见的自然现象——闪电，闪电一触即发，自发性和偶然性都极其强烈，它所产生的线条给予我们联想的空间，如果把这一线条恰到好处地利用在平面设计中，则会出现别样的效果。

图2-15　自然界现象

13

图 2-16 汲取了自然生物的特点，将其变形、归纳，利用拼贴、线缝的特殊材质表现方法，通过线条不同的形态、疏密、长短、粗细等的变化，产生出不同明度的色彩对比，生动、巧妙地再现了大自然中的生物，绘制出了生动的画面。

图2-16　学生作品（盛雪）

3. 线的错觉

相同的线在特定的条件下，会产生不同的视觉效果，从而会给人造成不同的错视现象。线条的错落，也可以形成错落的矛盾空间（图 2-17、图 2-18）。

图2-17

图2-18

三、面

(一)面的定义

《辞海》对面的解释为：表面。如：水面。

《英汉大字典》对面的解释为：平面；(桌面等)扁平物；平的，平坦的；平面的；在同一平面上的。

点的排列形成了线，线的平移形成了面；线以水平、垂直、交叉、自由的方式密集可以形成面；点的扩大或线的扩张都可以形成面。

在几何学中的含义，面是线和点移动的轨迹。如垂直线平行移动为方形，直线回转移动为圆形等，另外两个或两个以上图形的叠加或挖切，也会产生出各种不同的平面图形。面或形具有长宽二度空间，它的各种形态是设计中的重要因素。

(二)面的性质

综观林林总总的面，为方便认识，我们把其分为几何形的面、有机形的面和偶然形的面。几何形的面即用尺规做成的面，具有一定的数理性和秩序性，呈现简洁、秩序分明的特点，但是当几何形的规则性与简单程度超过了一定的度，就会产生呆板感、机械感，所以在创造、设计、处理几何形的时候把握度是极其重要的；有机形的面即模仿自然形状的面，有个性明快、纯朴、自由的视觉效果；偶然形的面则是不能事先预料和控制而形成的面的形状，具有多变性、不可重复性。具有宽泛的视觉特点：激烈与平静的、张力与收缩的、柔软与僵硬的等，可以表现多种材质与肌理。

在实际的运用中，对于面的形态往往是几种结合的使用，或形态之间有交叉；面与点、线相结合、搭配使用。线可以对面进行各种分割产生新的面的形态；点可以对面进行点缀；面也可以衬托点与线；面因为面积的优势通常比线与点更有冲击力。点、线、面在构成关系中所起的作用是通过与其他元素的关系而决定的。面与面通过重叠、密集、平行、穿插、搭接等方式也可以产生新的形态。

（三）面的错视

在特定的条件下，形也会给人造成不同的错视现象。因此，在设计中掌握和运用形的错视的原理，能收到较好的效果。图2-19这是由设计师扎哈·哈迪德设计的巴塞罗那广场地标性建筑的螺旋石塔，

图2-19　巴塞罗那广场地标性建筑的螺旋石塔

我们单纯从外观上来讲，它是由单纯的直线配合少量的弧线组成的简单的几何形态的面，错叠组合在一起而成的，这种看似表面的视觉冲突，被设计师所利用转换为强大的视觉凝聚力。

（四）图与地

一幅画面成为视觉对象的称其为图，其周围的空虚处称为地。任何"画面"都是由图与地两部分组成。图具有紧张、密度高、前进的感觉。地，则有使形显现出来、衬托的作用。但图与地有时也可以互换，很多人往往忽略地对图的影响。因此在设计中既要做到形的完整性，同时又要保证负形（地）完善，这才能达到比较完美的视觉效果。

1.图地反转

图底关系，有时也被称为正负形、反转现象。对画面上图形的形状、大小和布置关系的调节来达到图形和背景关系，画面表现出图底关系的转换。在有关图形与背景的图底关系变换的作品中，以鲁宾杯最为有名。人们在画面看到的空间是人还是杯子，完全要看他注视的角度是在图形上还是在背景上，或是看整体还是看局部。由于观点的不同，将分别出现不同意义的画面，即双重意象。

阿恩海姆认为："图形与图形之间的关系就是一个封闭的式样与另一个和它同质的非封闭的背景之间的关系。"视知觉易将完整的、闭合的、有意义的、优美的图形当作图，反之当作底。"图"给人一种前进、扩张、凸出的张力，而"底"给人一种后退、内敛、凹进的收缩之感。

通常情况下，艺术形式的图底关系宜明确，但是共用形的创作却是艺术家利用视知觉的不确定性而将这种"图""底"关系矛盾化，造成相互抗衡、相互矛盾的谜语般视效。以"鲁宾杯"为例（图2-20），人脸因其完整、闭合、向前凸起、扩张而被识别成"图"，与此同时，作为"底"的杯子本应向后隐退、凹进，此时却因其同样的完整、闭合与易识别性而不安于"底"的角色被推到图形的前景。人们看到的究竟是人或者是杯子，完全取决于观者的注意力是黑形还是白形，当注意力是黑形时，视觉就将其识别为水杯，反之为人脸的侧影。这即为典型的"图地反转"现象，即"图"与"地"相互依存与相互转换。图2-21也是图地反转的典型。

图2-21

图2-20　鲁宾杯

2. 共用形

共用形是创意图形的一种方法，是指两种或两种以上图形或者完全共用，或者共享于同一空间或同一边缘，相互依存，构成缺一不可的咬合图形。共用形作为一种优秀的艺术形式而被古今中外的艺术家们所采用，我们不但可以从中国传统图案中看见大量的共用形，而且现代图形大师更是将其推向到一个全新的高度。

共用形是古今中外常见的创意图形，在民间艺人的年画作品中，在图形大师埃舍尔的版画中，可以见到各种精彩的共用形实例。共用形无论是全部共用、或是部分共用、或是边线的共用，《解放》（图2-22）这幅画的上方是自由飞翔的鸟儿，最下方是规则的几何图形，中间由下往上则是由几何图形向鸟儿的逐渐转换。上方的鸟儿是灰暗模糊的，单调而死板，在向中间靠近的过程中逐渐变得丰富而有活力。一方面是艺术家思维大胆拓展与恰当收敛的产物；另一方面又是视觉主体（人的视知觉）与知觉对象（艺术形式）相互作用的结果。埃舍尔以创意思考为先导，以视觉心理规律为依据，在想象与现实中架起桥梁，并在丰富中求简洁，以矛盾求合理，

图2-22　图形大师埃舍尔的版画《解放》

独立中求共生，从区别中求适形而创作出独具美感且强烈视觉冲击力的共用图形。共用形因其言简意赅、虚实互换、相生共用、适形造型等艺术特征而在古今中外艺术历史之长河中闪烁光芒。

四、点、线、面的综合表达

若说音乐是通过音符的选择和结合来表现或激起人们内心情感的话，那么设计则是通过对点、线、面的选择和组合来表现或激起人们视觉共鸣的一种艺术，而平面构成却是基础中的基础。

在实际设计中，点、线、面的每种形态元素在不同的场合下就构成了不同的微妙的视觉感受和寓意，是在点、线、面的有机作用下所产生的种种审美效应，也是点、线、面被称之为造型要素基础的原因所在。由于点、线、面贯穿了具象与抽象，这就是现实形态与纯粹形态混合使用的矛盾性觅得了统一的条件基础，事实证明这种混合设计是非常成功的。

二维设计构成

　　图2-23为Shunyo Yamauchi 1996的作品。作品中综合运用了点、线、面的元素，它们相互依存，相互作用，组合出各种各样的形态，构建成一个个千变万化的全新设计。图2-24～图2-27是学生作品，在这些作品中对美的情感表达也是通过对基本元素点、线、面的综合运用来实现的。

图2-23　Shunyo Yamauchi 1996

图2-24　学生作品（曹青）

图2-25　学生作品（杜苛馨）

图2-26　学生作品（李淑芸）

图2-27　学生作品（苗欣欣）

第三节　平面构成的形态

在我们经验体系内的某种形态，即能看到或触到的那种实际感觉到的形，可以转为造型要素，此外还有被认为是概念的形态，也就是视觉和触觉不能直接感觉的形。如果把这个叫做概念的形态，那前者就可以叫做自然的形态。进而，根据其成因，又可以区分为自然形成的形态和人工形成的形态。

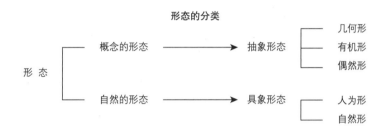

一、具象形态

从发生学上说，表象、记忆能力是人的低级心理水平，动物也有表象和记忆的能力，但动物没有根据自己的需要、态度、体验和思想观念来综合取舍表象进而形成具象的能力，具象为人类所独有。

具象是设计师在生活中多次接触多次感受、多次为之激动的既丰富多彩又高度凝缩了的形象，它不仅仅是感知、记忆的结果，而且还打上了设计师的情感烙印，受到他们的思维加工。它是综合了生活中无数单一表象以后，又经过抉择取舍而形成的。具象不是抽象思维的起点，而是在抽象思维的作用下，选取、综合表象的结果。

（一）人为形——指人类为满足自身物质和精神上的需要，而人为创造的形态，如建筑、汽车、器物等等。

（二）自然形——指大自然中固有的可见形态，自然形态千变万化，丰富多彩，是形态的宝库（图2-28～图2-30）。

在图2-31平面设计中具象形态是从大自然、生活中获取的，设计者通过观察、写生、吸取自然界中美的成分，再对其加以整理、夸张、取舍和变形并表现出来的。画面以具象的人物为主体设计元素，此基础上对生活中的其他元素通过设计者的主观处理进行再分解、取舍和重新组合，使主体形象更加丰满生动、完美，更具有装饰性效果，而且根据画面需要，添加了一些抽象的设计元素，实际上也是一种带有具体形象的初步"抽象"。

图2-28 学生作品（刘颖）

图2-29　学生作品（张泰）

图2-30 学生作品（刘美玉）

图2-31 学生作品（王嘉玮）

二、抽象形态

解释一，从许多事物中，舍弃个别的、非本质的属性，抽出共同的、本质的属性的过程，是形成概念的必要手段。　朱光潜先生在《形象思维在文艺中的作用和思想性》中说："抽象就是'提炼'，也就是毛泽东同志在《实践论》里所说的'将丰富的感觉材料加以去粗取精、去伪存真、由此及彼、由表及里的改造制作工夫'。"

解释二，不能或没有具体经验到的，只是理论上的；空洞不易捉摸的。与"具体"相对。　瞿秋白先生在《饿乡纪程》写道"他们大家本不懂得'文化'这样抽象的名词，然而却有中俄文化融会的实效"。冰心《寄小读者》也曾说过"她的爱是温和妩媚的。我对她的爱是清淡相照的。这也许太抽象，然而我没有别的话来形容了"。

抽象是从众多的事物中抽取出共同的、本质性的特征，而舍弃其非本质的特征。例如苹果、香蕉、生梨、葡萄、桃子等，它们共同的特性就是水果。得出水果概念的过程，就是一个抽象的过程。要抽象，就必须进行比较，没有比较就无法找到共同的部分。

共同特征是指那些能把一类事物与他类事物区分开来的特征，这些具有区分作用的特征又称本质特征。因此抽取事物的共同特征就是抽取事物的本质特征，舍弃不同特征。所以抽象的过程也是一个裁剪的过程，不同的、非本质性的特征全部裁剪掉了。

综合上述，抽象的层面是基于哲学的角度。在平面设计中，抽象的形态是不能直接感知的，但为了作为造型的要素，就必须表示成可见的。是相对于自然形态和人为形态的。

（一）几何形——几何形是抽象的、单纯的，一般是靠运用工具描绘的，视觉上具有理性、明确的快感，但也缺少人情味。在现代工业发展的今天，理念的抽象形态被大量运用在建筑、绘画以及实用品的设计中，其原因是因为它不仅便于现代化大机器的生产，而且还具有时代的美感。

（二）有机形——是指有机体的形态，如生命的动物、生物细胞等，它的特点是圆滑的、曲线的、有生命韵律的。

（三）偶然形——指我们意识不到，偶然形成的，如白云、枯树、破碎的玻璃等偶然形成的形状。

在图2-32平面设计中画面是由各种抽象形态构成的，是将具象的形态进行大胆地夸张、变形，或者用各种符号代替等方式，使其更富有装饰性、秩序性、变幻性、设计感，充分地体现出各种美的形式规律。图2-33为日本设计师，新岛实1994年的作品，画面十分讲究抽象元素的分布，图2-34、图2-35为学生作品。

实际上，抽象形象所追求的是一种更意化的形象。有的时候，不同材质由于各种因素影响，自然地生成偶发的形态也可以生成极具美感的抽象形态，我们要科学地研究不同的材质的偶发现象和肌理效果，将这种自然的真实的美，巧妙地运用在我们的设计作品中，创造出更具形式美更变幻的艺术效果。

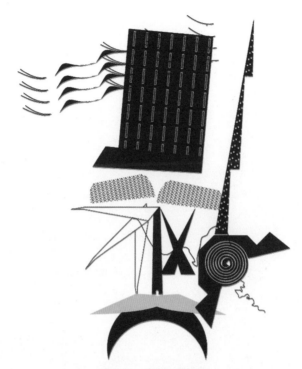

图2-32　抽象元素构成

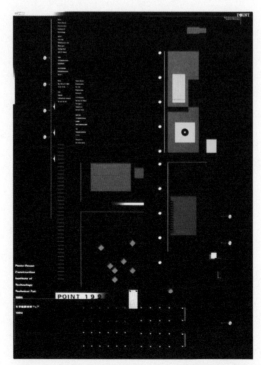

图2-33　五洋建设株式会社（1994　新岛实作品）

图2-34　学生作品（赵霄丹）

图2-35 学生作品（左思敏）

第三章　平面构成的形式美法则

形式美是美学中的重要概念，贯穿了整个美术创作的过程。奥古斯丁认为"视觉的愉悦来自于美，美来自于形状，形状来自于比例，比例来自于数字和科学规律"。就美学的造型来说，艺术作品的形式是作品内容的存在方式，是内容的物质化的体现。

因此形式应该从属于准确而鲜明地表达内容这一要求。形式美是美的一种表现形态，它有着特定的含义，这主要是指美术语言的合规律与合目的的组合，也就是符合美的规律与符合审美需要目的的作品外部形式结构。

所谓形式美，古希腊的哲学家柏拉图把它说得很绝对："是直线和圆以及用尺、规和矩来用直线和圆所形成的平面形和立体形……这些形状的美不像别的事物是相对的，而是按着它们的本质就永远是绝对美的；它们特有的快感和瘙痒所产生的那种快感是毫不相同的。有些颜色也具有这种美和这种快感……"

简单地说，所谓形式美，是指抽象的形式要素相互关系的美。点线面的组合就如同是点线面的游戏，以点、线、面为基本形态元素，运用抽象或者具象的基本形，采取各种骨骼、排列等构图方法，加以构成变化，便可组成无数新的图形。

人们在生活实践中所积累和总结的美的表现形式归纳为两大类：一类是有秩序的美。如对称、平衡、重复、群化以及带有较强韵律感的渐变、发射等构成方法。另一类是打破常规的美。如对比、特异、夸张、变形等。

但在一幅优秀的设计作品中往往都是两种形式成组地出现，各种形式要素只有形成一定的结构关系才能被具体运用，以达到视觉上的和谐性与愉悦感。本节中视觉形式基本规律归纳为比例与尺度、对称与均衡、节奏与韵律、对比与统一等。

第一节　对称和均衡

对称与均衡是取得视觉平衡的两种方式。对称是一种特殊的均衡，具有稳定、端庄、整齐、平静的特点。相对于对称来说，均衡显得自由活泼，富于变化。

一、对称

点、线、面在上下或左右有同一部分相反复而形成的图形。它表现了力的均衡，是表现平衡的完美形态。在对称的平衡中，暗含中轴线两边的重量相同。关于这个平衡系统，有一个严格的技术性定义，即中轴线的两边不仅重量相同，而且要有彼此反转的相同图像。这被称为"镜像"（图3-1）。对称的平衡对于观察者要求极低，可立刻为观者所理解。它是确切的、严肃的和安

图3-1　描绘两个成为镜像的相同形态，立即产生了对称的平衡

静的，但也可能是乏味的。

对称可以分为四种形式：双侧对称、旋转对称、球辐对称和两辐对称。

双侧对称，或叫做中轴对称，是以一条直线为中轴形成的左右对称。

旋转对称也叫做辐射对称，是以一条中心线或某个中心点向周围放射，其中每一部分都是相同的。

球辐对称指从球心做同心圆排列或辐射旋转排列。

两辐对称是指在三个互相垂直的坐标轴中，两个平面上同时存在着双侧对称。

人被这种希望把外物形态改造为完美形式的心理所支配。视觉上的平衡感是人最基本的心理需求，而对称被认为是组织得最好、最有规律的一种完形。通过对称的处理，不完美的图形变得完美了，"在格式塔心理学中，这种趋势被解释成有机体的一种能懂得自我调节的倾向，即机体总是最大限度地追求内在平衡的倾向"。如图 3-2 至图 3-5 所示。

在视觉艺术的发展中，对称出现得越来越少，艺术表达是人对世界的看法与理解，而装饰追求的则是视觉美感。"如果艺术过分强调秩序，同时又缺乏具有足够活力的物质去排除，就必然导致一种僵死的结果。而在装饰艺术中，这种单调性不仅是允许的，而且也是不可缺少的……严格的对称在艺术品中是少见的。"

图3-2

图3-3

图3-4　冷冰川作品

图3-5　学生作品（李芋惠）

二、均衡

　　由于大自然和人们的心理是不断的运动和向前发展的，因此在人的视觉需要上，也不满足于完全呆板的形式。如服装款式的不断更新，建筑设计的不断变化……但是这种变化不是无限度的，没有节制的，它要根据力的重心，将其分量加以重新配置和调整，从而达到平衡的效果。使其量感达到平衡，而在形象上可有所差别。这种构成状态，较之完全对称的形式，更有活力，富于变化（图3-6～图3-9）。

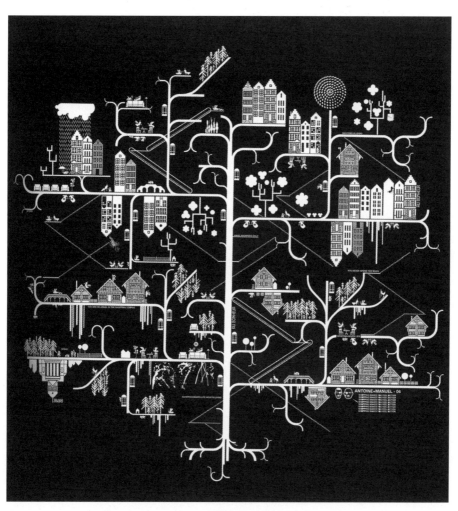

图3-6

图3-7

图3-8　冷冰川作品

图3-9　学生作品（杜珂馨）

　　视觉上的均衡感来自心理感知上的平衡。人们都有物理上的平衡经验，基于力学原理，物象的形状、色彩、大小、材质等在视觉上会形成类似于物理平衡的视觉平衡。获得均衡的因素有两个：重力与方向。

　　重力是由构图的位置决定的，如在一幅设计作品中，当其各个组成成分位于整个构图的中心部位，或位于中心的垂直轴线上时，它们所具有的结构重力就小于当它们远离主轴线时所具有的重力。同样，一个位于构图上方的事物，其重力要比位于构图下方的事物大一些；一个位于构图右方的事物，其重力要比位于构图左方的事物大一些。在画面组成元素中，构图中心位置所具有的重力较远离中心的重力大。重力还取决于大小，在其他的因素都差不多的情况下，物体越大，其重力也就越大。对色彩来说，红色比蓝色重一些，明亮的色彩就比灰暗的色彩重一些。如果想让一块白颜色与一块黑颜色达到平衡，黑颜色的面积就应该大一些。因为明亮一些的表面，其面积看上去就比灰暗的表面大一些。

　　方向同重力一样，也是影响平衡的重要因素，同样深受位置的影响。任何一种构图成分，不管它是一件可见的物体，还是隐蔽结构中的一个组成成分，其拥有的重力都要吸引它周围的物体，并对周围的物体的方向产生影响。阿恩海姆在《艺术与视知觉》中举了同一匹马的例子（图3-10）。在左图中，由于骑手的形象使人感到一种向后的趋势；而在右图中，由于小马的吸引而有一种向前的力。视觉中的均衡是各种不同大小和方向的力碰撞、叠加、抵消的结果。

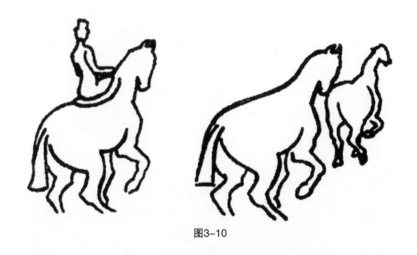

图3-10

第二节　节奏和韵律

　　"节奏"是来自于音乐的术语，原指"音的强弱交替的某种规律按周期不断重复出现的现象"。"韵律"原指"诗歌中的声韵和格律，是个性是美的重要方面。主要包括：音的高低、轻重、长短的组合，音节和停顿的数目，押韵的方式和位置，以及段落、章节的构造"。节奏与韵律在艺术中是互通的，是美感的共同法则。英国唯美主义运动的理论家和代表人物沃尔特·佩特（Walter Pater）曾说："所有的艺术都在不断地向着音乐的境界努力。"在视觉艺术中，点线面体、空间、光影、色彩、肌理等视觉元素的组合可以构成丰富多彩的节奏形式。在现代主义时期，视觉元素摆脱了具象形体的束缚，被赋予了独立的意义。塞尚凭着敏锐的直觉感受到艺术面临的变革，他努力探讨物体内在结构，思考画面是如何构成的，创造了新的艺术语言。而瓦西里·康定斯基则完全抛弃了具象联想，把形式、元素上升到了艺术主题的高度，被认为是真正进行纯粹抽象创作的第一人。康定斯基把绘画当作由各种视觉要素所构成的交响乐，被称为"色彩的大合唱"（图3-11）。相对于康定斯基的热抽象，蒙德里安的冷抽象则通过数学般精确的色彩对比和配置、几何色块之间的有节奏的变化，寻求一种超越时空与文化的永恒之美，形成一种极具秩序感的节奏（图3-12）。

图3-11　康定斯基作品

图3-12　蒙德里安红黄蓝黑色块的构图（1921年）

节奏和韵律是反映事物运动规律的一种形式语言，"在造型艺术中，只是用来标明形体在运动中的比例与程序、行程与运动方向改变的转折点等，它是由事物自身的运动规律所决定的，如同韵律中的骨骼关键部位，对结构运动的发展有约束和推动的作用。韵律在运动形式规律里，以不同的形象感，具体表现为节奏与节奏之间运动所呈现的姿态，也就是运动的轨迹"。

节奏的本质是有秩序地重复，这种规律给人以可预期的审美感受，就像音乐的节拍那样适宜于人。节奏在装饰作品中那些有规律的间隔、有秩序地重复，都是一种有序的重复，都是一种使人放松身心的形式感受。在节奏上加以动态变化，就是韵律。这是秩序感和动感的结合，是一种有规律的动态变化。如果说节奏表现了静态之美，那么，韵律体现的就是动态之美，它体现了生命动态的节律（图3-13）。在视觉艺术中，韵律是通过面积、体量的大小，元素的疏密、虚实、交错、重叠等变化来实现的，大致表现为以下几种表现形式。

连续韵律：指同一形象作等间隔排列。连续韵律是最单纯的节奏组织形式，可产生强烈的秩序美。

渐次韵律：是在形象连续过程中，表现出同方向的递增或递减。渐次能够产生运动感与光的幻觉，也能将画面中不同的时空关系自然衔接。

起伏韵律：要素强弱、大小、高低、虚实等有规则的变化。起伏应该把握方向与量的关系，可显现抑扬顿挫的情调。

交错韵律：是构成形象时线与线的相交以及面与面的叠加。

图3-13　冷冰川作品

第三节　对比和统一

西方哲学认识论的基本特征就是二元对立与一元中心的统一。古希腊的毕达哥拉斯学派认为统一起源于差异的对立。赫拉克里特认为，"互相排斥的东西结合在一起，不同的音调造成最美的和谐统一。一切都是斗争产生的"。中国古代哲学主张阴阳的对立统一。对立统一同样体现在视觉艺术中，是视觉语言的基本规范之一。

一、对比

对比是指两个在质或量上都截然不同的构成要素，同时或继时地配置在一起时，出现的整体知觉上加大相互间特性差的现象。区别一个事物与其他事物，主要是通过对比的方式识别出它们的不同和独特之处。在平面构成中，对比可以增强不同要素之间所具有的特性，打破呆板、单调的格局，通过矛盾和冲突，使设计更加富有生气，产生明朗而强烈的视觉效果，给人深刻的印象（图3-14、图3-15）。

平面构成中常见的对比形式有以下几种。

大小的对比，突出的形态元素和要表达的主要内容要相对大些，其他次要元素的内容要相对小些，由此形成对比，突出重点，表现出画面中的主次关系。

曲直对比，不同的线条构成的视觉语言性格异同。一般说来，直线刚直、安静，曲线优美、运动、活跃。在平面构成作品中，要合理处理好直线和曲线之间的对比关系，过多的直线会使人产生呆板、停滞感；反之，会给人不安全感。

疏密对比，正确处理好疏密关系有助于画面的表达。解决疏密关系问题的关键是要抓住密集中心点，并由此以点、线、面等形式展开，注意图形元素之间的穿插呼应、节奏等。

图3-14

图3-15

空间对比，各个元素之间在空间上形成对比关系，通过对比在画面中形成具有三维深度的视觉效果。设计中要注意构成元素之间在空间的疏密关系，使之产生一定的空间视幻效果。

方向对比，构成元素的方向存在一定的差异，设计中利用这种差异寻求一定的视觉张力和冲击力。

二、统一

统一是指构成要素的组合结果在视觉上取得的稳定感、整体感和统一感，是各种对立或非对立的形成因素有机组合构成的和谐整体。而平面构成中的统一，是指设计作品所体现出的整体与一致性。形式的统一是对各种对比关系度的把握与协调，从而达到的和谐效果。

亚里士多德曾说："美与不美，艺术作品与现实事物，分别就在于美的东西在艺术作品里，原来零散的因素结合为一体。"美国建筑理论家哈姆林指出："一件艺术作品的重大价值，不仅在很大程度上依靠不同的要素的数量，而且还有赖于艺术家把他们安排的统一，或者换句话说，最伟大的艺术，是把最繁杂的多样变成最高度的统一。"黑格尔写道："和谐是从质上见出的差异面的整体，另一方面也消除了这些差异面的纯然对立，因为他们的互相依存和内在联系就显现为它们的统一。"英国艺术理论家赫伯特·里德给"美"下的定义为"美是存在于我们感性知觉里诸形式关系的整一性"。

在设计中，对比体现出不同元素之间的差异性，是形态间的变化和冲突。统一表现为各种对立面的组织与协调，是形态间的相互联系及组合秩序。统一和对比是相辅相成的关系。也就是说对比中有统一，统一中有对比。缺少差异性的过分统一会失去生动性而流于呆板。在对立与统一之间可以表现为不同的侧重。有的设计以统一为主，强调相似的一面；有的是对比为主，突出要素间差异。在各种对比因素中要设法将其调和，形成统一的视觉效果（图3-16、图3-17）。

图3-16　学生作品（倪慧琪）

图3-17 学生作品（王颖）

第四节 比例和分割

一、比例

比例是指部分与部分，或部分与整体之间数的比率关系，是一切形式产生的基础，它的产生是建立在数学及几何学的基础之上，具有庞大的体系及多种变化形式。其用于广泛的视觉形式中，也用于人体及几乎一切事物与现象的研究分析中。

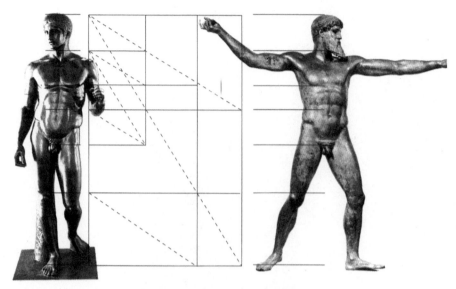

图3-18　古希腊雕塑的各种黄金分割比例

古希腊的毕达哥拉斯学派认为"万物皆数"，并且认为数学的比例关系决定了事物的构造以及事物之间的和谐，提出了著名的"黄金分割"。文艺复兴时期的建筑设计，勒·柯布西耶的"模数"理论等也都与黄金比有着密不可分的联系。他把辅助线看作"……灵感的决定性因素之一，它是建筑中重要的操作环节之一"。古希腊人推崇典雅、稳重、和谐的美，视黄金分割比为最美的比例，但正因为和谐而缺少视觉上的刺激，一些当代设计开始脱离黄金比，转而追求对比鲜明的甚至是夸张、极端的比例关系（图3-18～图3-20）。

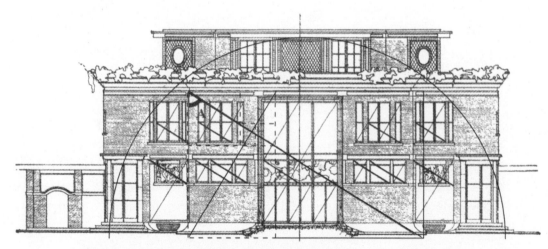

图3-19　勒·柯布西耶用此图表示各辅助线并用于建筑设计中，最上面的红线表现出
黄金分割矩形和结构对角线

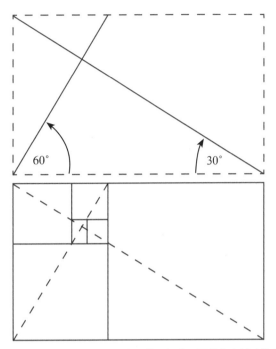

图3-20 黄金分割矩形的两幅结构图中，勒·柯布西耶的各个辅助线之间的关系

二、分割

分割就是根据设计内容的需要，把一个限定的空间按一定的方法划分成若干个形态，形成新的整体形态。分割是一种手段，而不是目的。它的目的是获得新的空间内容，即如何在有限的空间内把文字和图形等巧妙地配置起来重构空间，形成一个新的统一整体。

分割应注意两个方面的问题：一是分割时各个部分比例的关系；二是分割要使画面更完整统一，更富有表现力。具体的分割形式如下。

（一）整理分割

1. 黄金比例分割（图 3-21 ～图 3-23）。它是公认的古典比例，是各种平面设计中传统的分割画面的方法。黄金比例的比值是 1.618（正值）或 0.618（负值）。

2. 数列分割。数列是根据一定的数学关系所产生的数，数列分割则是按一定规律递增或是递减的分割形式。它有等差数列分割，等比数列分割。费波那齐数列分割，模数分割等是较为实用的分割。

（二）自由分割

它不管规则而凭作者主观意象、审美能力和实践经验对画面进行分割的方法。这种分割的特征给人以自由感，不拘泥于任何规则和规律，也排除了数理逻辑的生硬与单调，不过在进行分割时，除了追求高度的自由，还要考虑具有均衡和统一的形式法则。

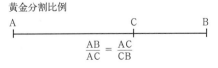

图3-21 黄金分割比例

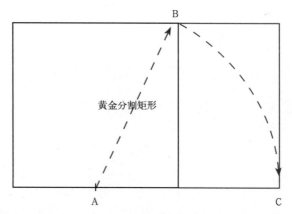

图3-22　从一条边的中点A向一个对角B画一条斜线，以这条斜线为半径作一段圆弧，与正方形的延长线相交于C点。这个小矩形和这个正方形共同构成了一个黄金矩形

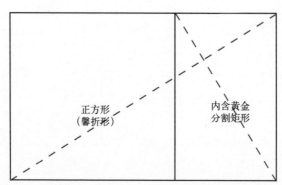

图3-23　黄金矩形能够进一步分割。当进一步分割后，该矩形产生一个较小比例的黄金分割矩形，它是内含黄金分割矩形（或二次黄金分割矩形）

第四章　平面构成的基本表现形式

第一节　重复构成

重复构成就是相同或近似的形象反复排列。其特征为形象的连续性，连续性即秩序性。任何事物的发展，都具有一定的秩序性，反映在人们的视觉中，便产生了一种秩序美。重复构成在自然界和现实生活中的例子是很普遍的，在平面构成中，运用重复构成能表现一种秩序、规范和统一的美感。重复构成分为绝对重复和相对重复两种形式。

一、绝对重复构成

构成骨骼框架的每个单元相等，每个单元的基本形完全相同（图4-1～图4-4），但其骨骼框架可以是纵横垂直交错，也可以是斜线交错。绝对重复构成在纺织印染设计、墙纸设计、版面的底纹设计上应用最广泛。

图4-1　单元形

图4-2　单元形的重复排列

图4-3　单元形的重复排列

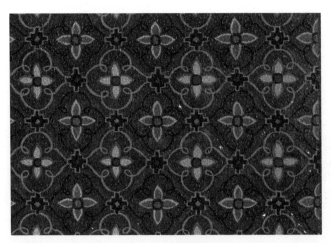

图4-4 土耳其地毯

二、相对重复构成

基本形的大小、方向、颜色，甚至基本形的细节都可作改变，在骨骼结构上也可以是不规则的。总之，相对重复构成是相对灵活的基本形重复组合，具有一定的自由度。但画面的整体视觉感受不能偏离重复的基本属性，否则就可能演变成另一种构成形式（图4-5～图4-15）。

图4-5作品大胆地突破了重复构成的单一形式，将一个形的阴阳形态排列组合，色彩颜色变换有秩序，最有特点的是利用色彩的变换、特异构成的结合，创造了秩序美。一点特殊的色彩的点缀，使画面更加灵活、丰富。

图4-5 学生作品（李淑芸）

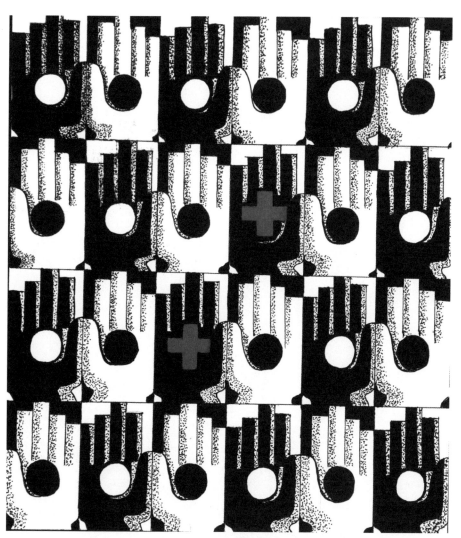

图4-6　学生作品（韦丽）

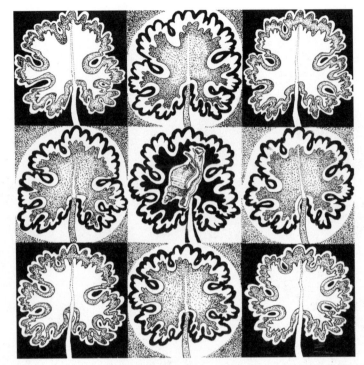

图4-7 学生作品（石莉）

图4-8 学生作品（丁浩）

图4-9 学生作品（孙笑飞）

图4-10 学生作品（陈柏露）

图4-11 整齐的合唱队列中，表情、神态各异的可爱的小朋友们，乖乖地站在台上表演

图4-12 此画面采取均衡式构图，打破重构单一的单元型重复进行组合的模式，变换了基本型，
将其用一个书架的形体巧妙地组合在了一起，表达了作者的内心世界

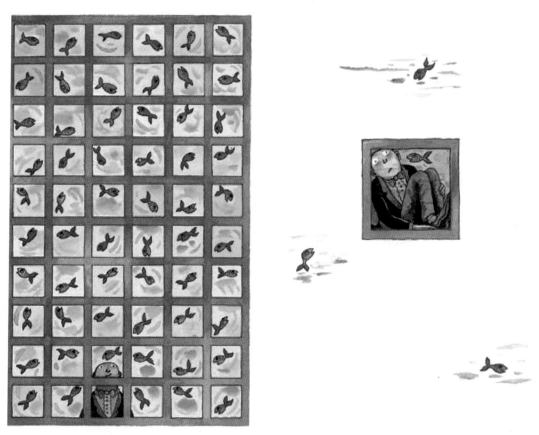

图4-13

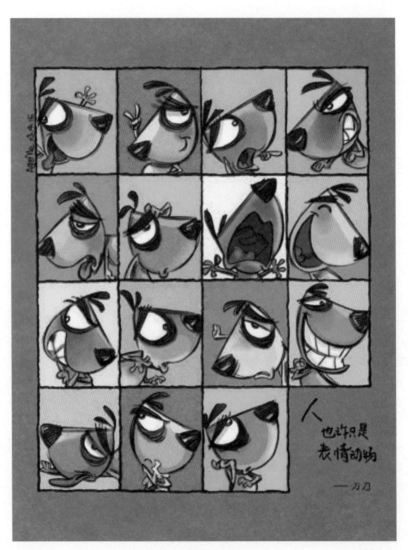

图4-14

图4-15

第二节　特异构成

特异构成是指在普遍相同性质的事物中有个别异质性的事物存在。在平面设计中，我们利用这一形式规律，加以组织、编排，即为特异构成。特异构成是一种具有非凡表现力的版面构成形态。

特异构成不能用简单的突变来概括，因为形态间的突变并不难，两个从性质上、形状上截然不同的形态，放在一起虽然都可以叫突变。但在这里特别指出的是，特异构成要求形态间的突变既要有巨大的反差，两者之间又必须要有很巧妙而有趣的联系。巨大的反差和巧妙的联系是特异构成的显著特点和要求，也是特异构成最具有挑战性和最具魅力之所在。

一、数理型特异构成

数理型的特异构成，也称之为重复型特异构成。主要手法是，连续重复的基本形排列在规范的骨骼单元内，其中一个基本形发生变异。这个发生变异的基本形可以打破基本骨骼单元的限制，如大小、方向、位置等，从而使变异更加明确（图 4-16 ～图 4-18）。

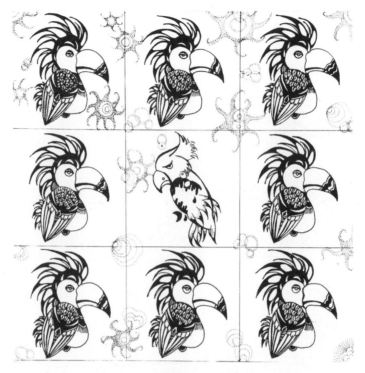

图4-16　学生作品（付艳艳）

图4-17　学生作品（李丽莉）

图4-18 学生作品（高阳）

二、自由型特异构成

自由型特异构成，它又分为两种情况：一种是基本形不重复或较小数量重复，但基本形的组合为非数理型骨骼形态，因为没有规范骨骼框架的限制，基本形的大小可随意变化，极具动感，自由度很大，给变异提供了广阔的空间。另一种是形态内部元素组合发生变异，这种变异构成灵活，能创造出耳目一新的视觉效果（图 4-19 ～图 4-34）。

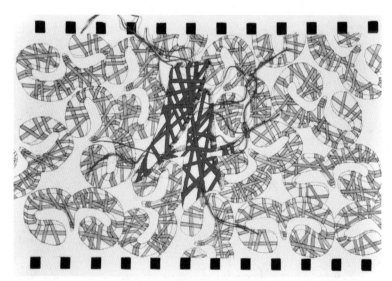

图4-19　学生作品（倪慧琪）

图4-20　学生作品（张瑞丹）

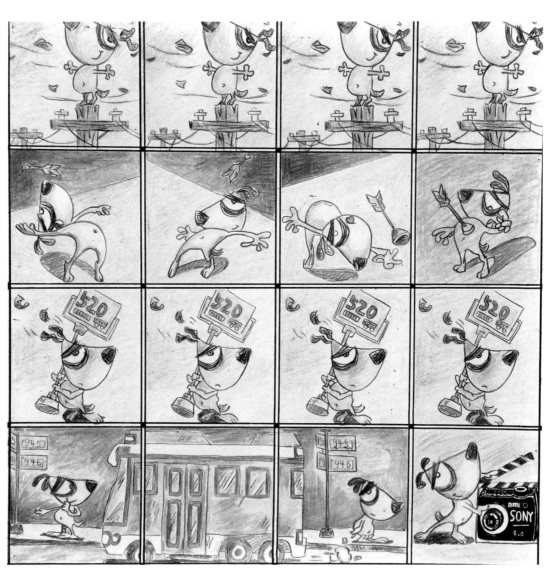

图4-21　学生作品（杨晨霄）

图4-22　学生作品（李雅婕）

图4-23　学生作品（刘海蒙）

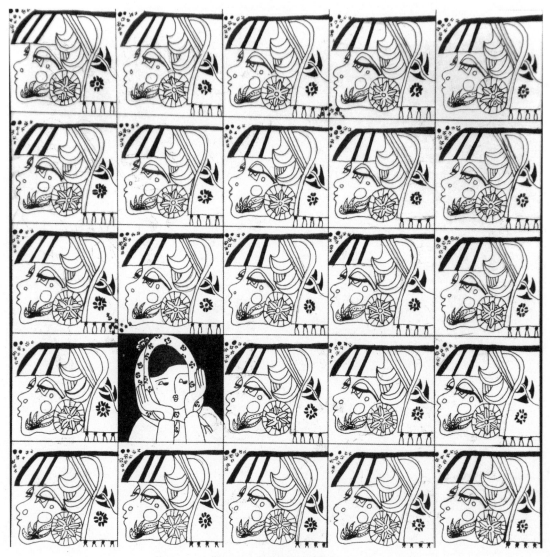

图4-24 学生作品（李扬）

图4-25　学生作品（张宝婵）

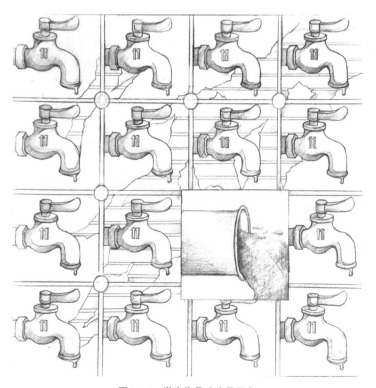

图4-26　学生作品（麻思田）

图4-27　学生作品（王嘉玮）

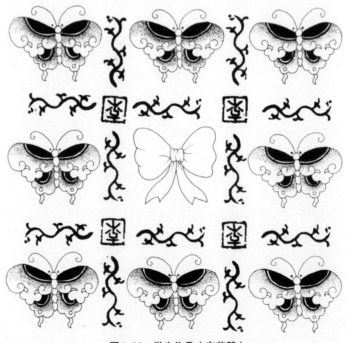

图4-28　学生作品（李芋慧）

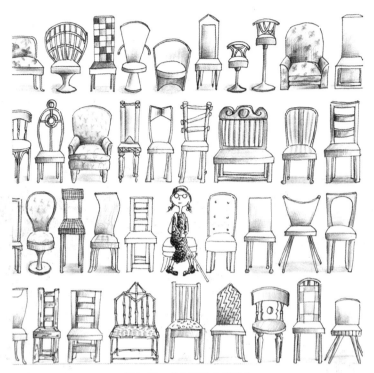

图4-29　学生作品（臧啸）

图4-30　学生作品（陈柏露）

图4-31　学生作品（管晶晶）

图4-32　学生作品（左思敏）

图4-33 学生作品（杨晨霄）

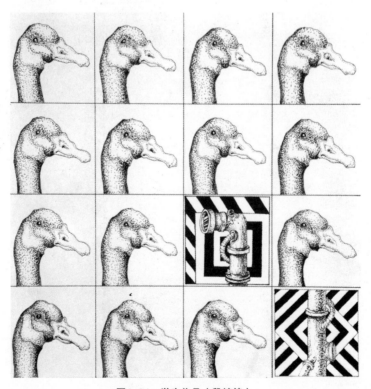

图4-34 学生作品（段续锦）

第三节　渐变构成

渐变也称渐移，是以类似的基本形或骨骼，渐次地、循序渐进地逐步变化，呈现一种有阶段性的、调和的秩序。如日常生活中海螺的生长结构、音波的传播和水纹的运动等。

渐变构成有三种类型。

一、骨骼变化

画面构成的骨骼发生逐渐变化，而基本形只跟随骨骼的变化发生大小或方向的变化。渐变的骨骼可以是等差数列变化，也可以是等比数列变化。这类渐变比较简单，也是容易掌握的（图4-35～图4-38）。

图4-35　学生作业（蒲天冠）

图4-36　学生作业（谭翠萍）

图4-37

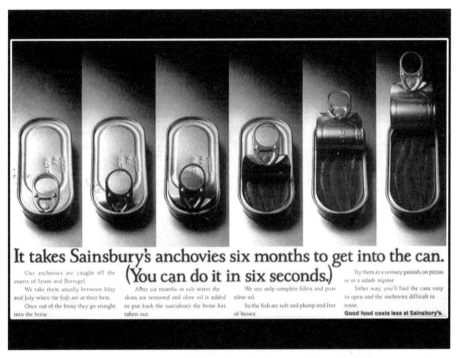

图4-38

二、形态变化

画面构成的骨骼不发生变化，但每个骨骼单元内的基本形态发生逐渐变化。这类渐变构成多种多样，对于平面设计师最具有挑战性，也最具有魅力。

形态变化是渐变构成的高级形式。它们都含有图形创意的内容，在现代平面设计中有很高的实用价值，用这种构成形式可以设计出非常精彩的平面作品。这种形态渐变的练习可以很好地训练我们的图形创意设计能力。在形态渐变时，当一个形态渐变到另外一个完全不同的形态，从初始形态到最终形态，形态的变化非常大，形态的本质和外形，都可能发生根本的变化。如果把中间的过程去掉，初始与结果形态可能是两个完全不相干的形态。因此，形态渐变的过程和渐变步骤就显得尤为重要。渐变的步骤到底应当用多少步，要根据需要和可能来决定，关键是每一步如何转变，要根据图形的特征，巧妙地安排形态渐变的线索和走向，这样才能一步一步、有条不紊地实现你的奇思妙想（图4-39～图4-49）。

图4-39

图4-40 学生作业（王嘉玮）

图4-41　学生作品（时小刚）

图4-42　学生作品（李卉）

图4-43 学生作品（刘瀚文）

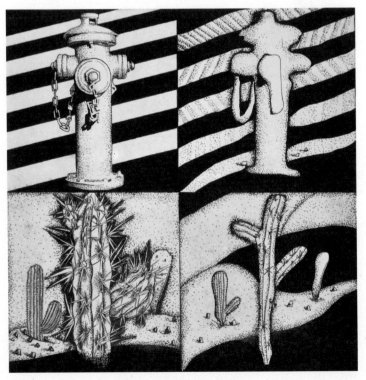

图4-44 学生作品（毛卉）

图4-45　学生作品（许付娟）

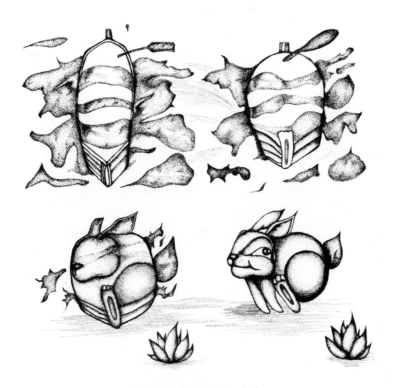

图4-46 学生作品（杨帆）

图4-47 学生作品（蒋伟）

图4-48

图4-49 学生作品（左思敏）

第四节　空间构成

空间构成是在二维平面上模拟三维空间。世界乃至整个宇宙万物都是存在于具有长、宽和深度的三维空间中。而我们在表现空间时，主要用平面上模拟的方式为主要手段。如绘画、视觉传达设计、工程设计等都需要在平面上表现三维空间。我们在平面构成课中研究表现三维空间的各种方式，是从理论的高度研究平面视觉空间构成。正确理解平面上表现三维空间的原理，使我们能理解性地运用各种元素在平面上的空间关系，从而能得心应手地设计组织画面。

一、平面上空间构成的表现手法

（一）利用形的大小、颜色的深浅、边缘线的清晰度、肌理效果、重叠关系表现立体空间。在同一画面上，不同大小的形，我们会感觉大的近，小的远；不同深浅颜色的形，我们会感觉深的近，浅的远；不同清晰度的形，我们会感觉清晰的近，模糊的远；不同肌理的形，会产生不同的空间效果；相互重叠的形，我们会感觉上面的近，下面的远；相互连接的形也会产生立体空间感（图4-50）。

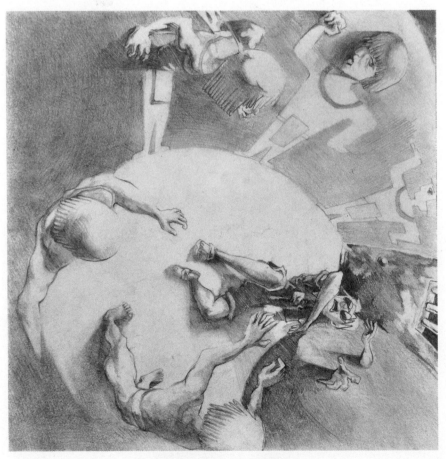

图4-50　学生作品（姜晓虎）

（二）利用透视原理在平面上表现立体空间，这是公认科学有效的方法。透视学已成为一门很成熟的学科，透视学是揭示在平面上表现形体的远近变化的手法和立体空间的科学规律。由于开设有专门的透视原理课程，在这里就没有必要再深入叙述（图 4—51、图 4—52）。

图4-51　学生作业（曹青）

图4-52　学生作业（张泰）

（三）利用光影效果在平面上表现立体空间。我们知道，因为有光，世界万物才能在视觉上可见。光在物体上产生的明暗，光在物体上的投影都产生很强的立体空间感。我们在平面上表现出的物体相应的明暗、投影关系，就会自然模拟出三维空间效果（图4-53）。

图4-53　学生作品（薛白）

二、空间构成的形式

（一）合理空间构成

画面上的形体均符合透视法则，符合自然逻辑，表现的是合情合理的形体空间关系。

（二）矛盾空间构成

矛盾空间是客观现实中不存在的，只能在平面设计或抽象绘画中表现出来。它产生一种荒诞的视幻效果，耐人寻味，引发幻想，妙趣横生。矛盾空间打破常规，将物体进行不合理的前后榫接；或是有意违反透视，将近大远小，近实远虚的透视规律反其道而行之；或是将不同空间和时间里的物象进行不合理的组合。矛盾空间构成正因为违背了视觉常规，所以容易产生很强的视觉记忆，往往能过目不忘，因此，在现代广告设计上不难寻到它的踪迹。但要注意的是，矛盾空间在设计上的运用要巧妙自然，应同设计主题巧妙联系，否则弄巧成拙，难成佳作（图4-54～图4-57）。

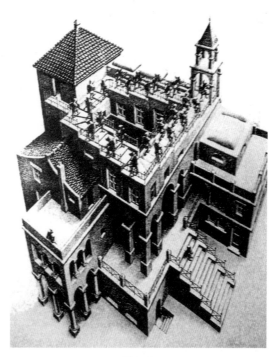

图4-54　埃舍尔作品

图4-55

图4-56

图4-57

第五节　形的联想

　　在自然界、生活中有很多客观存在的形体，它们的形象、色彩具有很多的特点，以恰当地运用点、线、面等基本造型语言和艺术手段，创造一个独特的、创造性的构思的全部过程。以超常规的艺术手法塑造主题形象，是科学与艺术的结合。

　　在艺术的形象思维中，想象是以记忆中的生活表象为起点，借助于感受、经验与联想，把游离的、分散的物象合成为一个能抒情达意的整体形象。艺术想象的目的在于追求一种新的境界，创造一种新的表现方式，它源于现实，又超越现实。它并不在乎追求的境界是否真实，表现方式是否合理，重要的是以奇和异来创造美。

　　超越法则思维与想象是一种复杂的活动。是艺术家大胆夸张、变形、联想、幻想、巧合、虚构的产物，并以反常求正常，以不合理求合理，以不可视求可视，以平淡求神奇，给人以强烈的刺激和梦幻般的视觉感受。

　　重组同构是现代图形创意的重要表现形式之一。重组同构或称综合同构，它所指的是在图形构思中以系统的综合方法来构成新的视觉效果和新的形象。

　　它是静态与动态的思维过程，是直觉思维、形象思维、逻辑思维与灵感思维的综合运用（图4-58～图4-62）。

图4-58　（日本）景观中的标识设计，利用形的联想做的导向标志

图4-59　学生作品（吕林）

图4-60　学生作品（苏智慧）

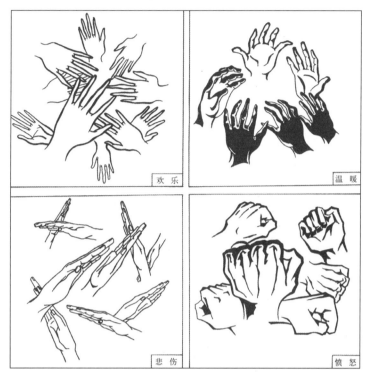

图4-61 学生作业（于丽琼）

图4-62 学生作业（缪小仙）

第五章　色彩构成的基本原理

第一节　色彩构成的概述

一、色彩构成的概念

色彩构成是一门涉及物理、光学、生理学、视觉心理学、美学、逻辑学等相关理论的多学科交叉的艺术设计基础造型课程，是研究自然色彩与人工色彩、理性色彩与感性色彩深化构成表达的课程。它是二维构成训练中的一个重要组成部分，是所有艺术设计类院校形态造型基础的必修课。

色彩构成是将大千世界中琳琅满目的色彩现象概括为最基本的色彩要素，按照构成的理论和法则进行重构整理，将理性的色彩认识融于感性的色彩实践之中。从人对色彩的感知原理出发，利用科学分析的方法，对色彩的性质、知觉现象和心理效应等方面进行系统性研究，从而使个人对色彩的直觉升华到更广阔、更科学的审美表现中。将复杂的色彩现象还原为基本要素。由于一切构成行为都是对已知要素的重构过程，因此按照一定的色彩匹配原则去构筑各要素间的相互关系，创造出新的、理想的色彩组合形式，这种对色彩的创造过程称之为色彩构成（图5-1）。

图5-1　学生作品（张璐璐）

二、色彩的构成理念

伊顿在《色彩艺术》中认为现代色彩创造有三种不同的着眼点，即结构的、表现的和印象的。他认为："缺乏视觉的准确性和没有感人力量的象征主义只会是一种贫乏的形式主义；缺乏象征性真实和没有情感力量的视觉印象效果只能是平凡的、模仿的自然主义；而缺乏结构的象征内容或视觉力量的情感效果也只能限于表面的情感表现……"伊顿所说的准确是指色彩理念上的准确，他所强调的色彩象征和色彩结构更是对色彩理念上的要求。色彩构成的理念必须是通过主动的意识根据人的审美理念来构造内心深处所认定的美的整体形象，把想象中的美通过一定的视觉形式展现出来，色彩就是最直接最直观的方式方法。

色彩的构成理念意味着在色彩运用中所构造出的丰富构想，是以色彩感觉和色彩想象为基本条件。色彩的构成理念决定着色彩以怎样的构成形式使色彩的外在表象和内在含义在特有的色彩规定之下呈现出色彩的美感与情感。因此，色彩在艺术创作中其美感价值的内在尺度不是色彩本身，而是色彩的理念，理念可以决定色彩的价值取向。

在艺术创作中，色彩构成的理念能够使设计师自发地根据色彩构成理念的主导模式而展开对色彩构成的具体运用，并且从美学的角度诠释和运用色彩，在当代艺术之中彰显色彩的魅力。

三、色彩研究的发展历程

人类对色彩的探索伴随在人类文明发展的每个阶段，随着社会的发展，科技的进步，人们通过更科学的方法、更先进的技术，进一步的认识着存在于我们生活每一处的色彩。

（一）人类对色彩的认识历程

早在远古，人类就会使用彩色的贝壳、羽毛装饰自己。到了古代，人类逐步将各种颜色应用在服饰、装饰品等方面（图5-2）。近代，英国著名物理学家牛顿用三棱镜将一束阳光变幻出七色彩虹，这是人类第一次在对色彩本质的探究中取得突破性进展，他开创了科学色彩研究之路。开始科学推广科学的色彩应用的是德国化学家奥斯特瓦德，他创建的色表体系，把所有的色都看做纯色与黑白色适当混合而成。基本色相有八个，其色立体是复圆锥体（图5-3）。目前被广泛应用的表色系是美国色彩学家孟塞尔创建的，它包含十个主要色相（图5-4）。科学家们前赴后继，弃而不舍地探索和研究，带来了色彩学领域日新月异的突破。

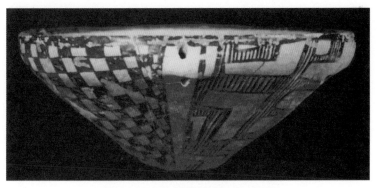

图5-2　巴尔干地区新石器时代的陶器

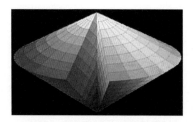

图5-3　奥斯特瓦德色彩体系

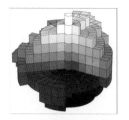

图5-4　孟塞尔色立体

1912 年，第一块霓虹灯广告出现在法国巴黎的大街上。从此，霓虹灯塑造出七彩绚丽的图画和广告招牌，迅速为世界各地添上缤纷色彩。1923 年，柯达彩色胶卷诞生，人类从此拥有彩色记忆的权利。1928 年，苏格兰发明家贝尔德展示自己发明的 30 线彩色电视的样机。1940 年，美国开始播送彩色电视节目。1987 年，全球第一部彩色液晶电视在日本诞生。1991 年，全球第一台彩色喷墨打印机 hp deskjet 500C 诞生。1999 年，全球第一款彩屏手机在日本诞生。2002 年，惠普在全球发布全线彩色打印新产品，其中包含全新的经济型彩色激光打印机和专为商业办公环境设计的商用彩色喷墨打印机，宣告彩色办公普及时代已经来临。2003 年，许多人拥有了自己的第一部彩屏手机，公司的办公室中也开始出现彩色激光打印机和商用彩色喷墨打印机的身影。

色彩的发展史是一个非常缓慢、十分复杂的过程，上面只是将色彩发展过程中的一些重大历史事件列出。从远古到古代再到现代，人类利用色彩的目的和程度却存在着明显的不同。远古人类为了生存下去利用色彩使野兽感到不安、恐慌，使人类在围猎时成功的概率大大提高，后来随着社会的发展，人们对色彩的应用更加广泛，从衣着服饰到建筑，从彩陶、青铜器到瓷器，色彩已是很常见的了。但色彩的种类相对单一，主要是黄色、红色、紫色、黑色等，并且这些彩色主要是皇室、贵族才可以使用，平民老百姓使用的以灰色、粗布蓝等为主。这个时期的色彩带着浓重的阶级意味。发展到现代，在五彩缤纷的世界里，色彩作为一种美的表现手段和符号式的表达工具，存在于我们生活的方方面面，在现代商业空间中，色彩通过强调、突出一些重点细节，可更清楚、更有效地传达商家的信息，色彩不仅有视觉上的影响力，它还可以提高商品竞争能力和价值。自此色彩不再是为了生存或者表明高贵身份的工具，它已经成为商业竞争中的一种手段、一种利器，吸引人们的眼球，勾起人们的购买欲，成为营销中最有效的手段之一。

1. 色彩与物理学

早在公元前五世纪阿那克哥拉（古希腊哲学家）奠定了关于色彩理论的基础，他认识到色彩会相互映射，从深色到浅色，他还发现，光线是一切反射的自然的源泉。德谟克里特（古希腊哲学家，原子唯物论的创立者）则从一个新角度出发去理解光和色，他认识到"清晰的效果"和"色彩的效果"之间存在着很大的联系，他认为，色彩的形象是从物体传达到眼睛，而不是从眼睛传到物体，这种观点是以后很多色彩视觉理论的奠基石。亚里士多德第一个认为光线是在像波一样的物质中间穿行。法国哲学家、物理学家笛卡尔于 1673 年提出了"雨滴是光线的折射媒介"的理论，他解释了彩虹出现在地平线上的原因。爱尔兰化学家罗勃特·波义耳于 1664 年在《关于色彩教学的经验与思索》中提出：用三种颜色可以再现自然界中所有的色调，它们是红、蓝和黄色。1666 年，年仅 23 岁的英国人艾萨克·牛顿奠定了科学的色彩理论的基石，他认为阳光是一种白光，当阳光穿过三棱镜时，就分成了七种不同的色带，并将这七种颜色定为基本色。

2. 色彩与生物学

达尔文认为眼接收的光和色传递了周围环境的信息，动植物必须要了解色彩的含义才能生存下去，如果水呈绿色说明不能被饮用；浆果呈黑色表明有毒，人们就会本能地去拒绝它。人们都知道，生活在阳光下的动物外表要比生活在阴暗地方的动物漂亮，而且它们皮毛的色泽往往鲜艳夺目，这与它们周围的环境呈现的鲜亮色泽有关。借此现象或许可以用来解释蝴蝶的遭遇。随着现代化工业的发展，蝴蝶的颜色由原先鲜亮的色彩变成了现在黑色和灰色，而这类颜色正与城市街道烟雾的颜色相近。

3. 色彩与人类社会学

生活在各个地域和文化圈的人们自然而然地会融入到本国的风土人情和文化之中，拥有象征自己民族和国家的色彩。拉丁系的人一般皮肤黝黑，毛发和眼睛都很暗，所以他们通常喜欢红色、橙色、黄色之类的暖色系列的颜色。北欧人的皮肤白，毛发是金黄色的，他们比较喜欢天蓝色和浅紫色之类柔和的冷色系。

古往今来，在许多场合，色彩是进行社会控制的有效工具，是用来表示特权的象征。因此，它也就成了能区别各种不同社会阶层和团体的有效工具。在服饰上，由于获得一克的紫红色颜料十分昂贵，它的价值一下子就成了可望而不可及的天价。用紫红色颜料染成的一小段丝绸如同金子一样贵重，只有国王、皇帝和教会的上层人士才能享用。于是就有了王室紫红的俗称。"紫红"这个词不仅是一种颜色，更重要的是，它成了织物的一个特征。有了不可比拟的闪光的特性，这样，紫红色与衣料的质地便密不可分。与这种颜色同类的还有蓝紫红色、红紫红色和绿紫红色。紫红色成了院士袍的颜色，蓝色是工人工作服的颜色，白色是医生大褂的颜色，橄榄绿则是军装的颜色。颜色可以表明一个人属于什么样的阶层：主教长袍的紫红色给人以尊严，宗教裁判所悔罪服的黄色给人以屈辱，苦役犯和贱民的棕褐色给人以羞辱，黑色给亡者的家人带来悲伤等。

4. 色彩预测机构的出现

时尚是人类的行为方式，变化构成了它的本质，变化甚至就是时尚，因为变化才是时尚的真正起源。但时尚界色彩的变化并非自发和偶然的，为了适应不可抗拒的自然规律加上布料和颜色的可利用性与价格，决定了时装的色彩。一种时装的色彩在它问世前几个月由国际时装界研讨决定的。美国市场集团和英国色彩协会每年都在巴黎、米兰和纽约召开会议，挑选季节流行色。时装界在4月份就推出了冬季流行色，而在冬季又推出了春季的色彩。提前预报未来色，并每次都让它成为色彩的一种语言，开创一种色彩语言，并让它成为流行色。如果时尚失去了色彩，那它就失去了支柱。流行色，是英文 FashionColor 的直译，即"时髦、新鲜的色彩"。通常指在一定的时期与范围内社会上流行的某些带倾向性的色彩。目前，流行色都是以主题形式发布的，如 2009/2010 年秋冬流行色提案"微风"（图 5-5、图 5-6）。每一个主题又包含多种颜色。因此，

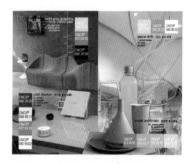

图5-5　2009/2010年秋冬流行色提案"微风"（一）

图5-6　2009/2010年秋冬流行色提案"微风"（二）

每一季度的流行色由数十种颜色构成，这些颜色既可单独使用，也可搭配使用，从而使流行色变化无穷。为了说明流行色趋势的来源，一般与主题词、色谱一起还配有原始的图片及文字诠释。这三者构成了流行色资讯的主体内容。流行色的兴起成为 20 世纪后期以来国际色彩艺术设计领域中最亮丽的风景线，人们的生活也因此变得更加丰富多彩，美丽浪漫。

5. 色彩艺术设计的学科化

法国著名色彩学家和设计大师让·菲利普·朗克罗教授早就说过"色彩设计完全可以作为一个专业形式存在的"。在欧洲等色彩发达的国家，国民从幼儿园时代起就开始接受系统色彩教育的熏陶与训练。以社会力量开办色彩教育的形式是构成日本色彩教育的基础部分。自 1990 年起，日本文部省每年定期举办全国色彩资格等级考试（共分三级），至今已有数十万人次参加此项活动。除了大规模的色彩普及教育，各国还建立了色彩艺术设计专业。色彩艺术设计专业的特点是解构与模糊传统意义上的专业划分模式，以全新的思维方式及市场需求对色彩给予新的专业界定。2002 年北京服装学院设立了国内第一个色彩设计专业，同时建立国内首个较为系统的色彩教育体系。

（二）中西方色彩发展史概述

由于中西方地域、政治和文化背景、艺术哲学、美学经历的不同，中西方走向了各自对审美和艺术不同的认识道路，对于色彩的认识也是如此。

1. 中国的色彩发展历程

我国原始人类用色起源很早，在新石器神农氏时期就制造了石器和彩陶等生活器具，并在石窟壁上或洞顶上绘有单彩或多彩的岩画等用来表达他们的愿望和信仰。早期的人类在进行原始宗教活动中，许多祭祀器具都用色彩来装饰，如黑色、白色、红色等。就中国出土的彩陶来看，在整个彩陶文化发展中都有这几种色彩的运用。新石器时期的《舞蹈纹彩陶盆》（图 5-7），其内外壁均有黑色彩绘，陶盆由细红泥陶制而成，陶器内壁绘有五人连臂舞蹈纹。半坡型彩陶特点是以黑色为基础，并间以红色；庙底沟型彩陶的特点则多是体现在赭红色陶胎上装饰黑色图样；半山型彩陶采取红、黑色交替或间隔处理，产生一种更加复杂，富有变化的节奏美。到了奴隶社会时期，朱砂、石青、石绿等矿物颜料开始得到充分应用。春秋时期运用色彩的技术水平达到了一个新的高度。彩绘装饰也有了进一步的发展，不仅在宫殿建筑的柱头、护柱上绘山纹，梁上短柱绘藻纹，墙上也加以彩绘。当时彩绘所使用的颜色有朱红、青、

图5-7　新石器时期的《舞蹈纹彩陶盆》新石器马家窑文化，
1958年青海大通上孙家寨出土，高14厘米，口径28厘米

淡绿、黄、灰、白和黑色等。早在尧舜时代便已将色彩依五行之说分为黄、黑、青、红、白五种颜色。战国时代兴起了有关阴阳五行与色彩关系的学说。五行色为青赤白黑黄。"青，生也，象征物生时之色"，"赤，赫也，太阳之色也"，"黄，晃也，晃晃日光之色也"，"白，启也，如冰启时之色也"，"黑，晦也，如晦冥之色也"。先民从自然万象中获得了五种基本的色相，并体会到这五色与早期人类的生产、生活实践有着非常密切的关系，所以，被中国古代视为五种"正色"，并暗含了吉利祥瑞的意义。可以这样说中华民族关于色彩与生理和心理的感受就是从这五色开始而逐步发展的。

阴阳五行说的产生与发展，为黑、青、赤、黄、白五色赋予了更深、更广的含义。五色被认为是构成世界秩序的成分，并与其他五行相对应关联。五色（黑、青、赤、黄、白）与五行（水、木、火、土、金）、五方（北、东、南、中、西）、五时（冬、春、夏、长夏、秋）、五音（羽、角、徵、宫、商）、五气（寒、风、热、湿、燥）等成为了一个可以相互转换、相互比附的整体系统。在这里色彩已经转换成一个逻辑推理方式和思想认知图式，大千世界的五颜六色被蕴涵了特殊的意义，人们对色彩的运用成为一种主观的符号和图式，并被赋予了特殊的情感和文化内涵。色彩的这种象征性在中国传统文化史上影响了人们的价值与认识观念。统治者从维护其政权的需要出发，把色彩作为区分社会等级的手段，从而使色彩政治伦理化，具有了尊卑高下的文化特性。"礼"在中国是以法律的形式出现的，具有一套严密的礼制体系。色彩应用开始被制度化，中国传统装饰色彩因附着了过多的社会政治内容而成为标识等级观念的象征性符号。西周奴隶主开始利用色彩作为"明贵贱，辨等级"的工具，以维护其统治阶级的利益。提出"正色"和"非正色"的区分。规定"正色"有青、赤、黄、白、黑五色，"非正色"有淡赤（红）、紫、缥、绀、硫黄等，也称"间色"。"间色"等级低于"正色"。战国时期色彩的运用受商代影响很深。如战国楚宫的"朱尘"，"红笔沙版"都说明了受以"正色为尊"的礼仪制度的影响。

中国画中的色彩受到传统道家文化的影响堪称典型。道家的精髓核心思想是：无为而无不为，以少胜多，以无胜有，追求自然之素。由道家思想主导的中国古代绘画色彩从而走了一条清淡、素雅之路。

六朝时期，谢赫在《古画品录》中提出"随类赋彩"的理论诠释。唐代的敦煌莫高窟壁画的色彩可谓飞舞宣扬。仅一朵莲花就叠晕多达10层到20层。五代、南北朝时期的宫廷画在色彩上更为富丽堂皇（图5-8）。中国画设色，不是自然理性的反映，也不是纯形式的色彩表现，而是主客观相结合，从表现意义上用辩证手法进行色彩的设计与艺术表现。这一点与道家辩证自悟其道的道理是相通的。看起来似乎是极其简单的色彩，但是里面却有着极深的意味。

综上所述，"五色体系"作为我国古代在色彩科学史上的一大成果，它在时间上不仅远远超过西方，而且具有本民族丰富的文化内涵。以孔孟为代表的儒家色彩观和以老庄为代表的道家色彩观为我国古典色彩美学思想奠定了理论基础。

2. 西方的色彩发展历程

提起西方世界的色彩发展，还得从古埃及谈起，史前埃及人喜欢用红土涂在皮肤上，称自己为红色民族，色彩运用以暖色调为主，赤褐的红色使用最广，另有蓝、绿、金色之使用象征尊

图5-8　五代南北朝时期宫廷画

贵。史前美索不达米亚地区喜欢高彩度、鲜明、对比强烈的用色方式（图5-9）。希腊石砌建筑发达，装饰神殿的颜色有白、黄、红、蓝、黑，明度、色彩的对比度很高，和我们现在见到的褪色后希腊神殿不同。和中国一样，希腊是最先将色彩问题与哲学相联系。希腊的四原色论将火（白色）、水（黑色）、空气（红色）、土（绿或黄色）认定是色彩基本的四元素。罗马人承继了希腊文化，将色彩的运用更见规模、复杂而丰富细腻，此时期已开始对色彩做物理性之研究，并对光与彩虹提出多项讨论。今天罗马天主教会白色是上帝的颜色，象征洁白、纯洁；红象征仁爱与豪迈的献身、欢喜与荣光；绿象征永恒的生的希望。蓝色是圣母玛利亚衣服的颜色，象征希望。紫色象征基督的受难和复活，意味着苦恼与忧愁。黑象征着死的悲泣与墓地的黑暗。黄色是基督教会的忌讳颜色，甚至使人想到敌意。国人熟悉的有万圣节和圣诞节，其中橙色象征万圣节前夜祭奠，红与绿象征圣诞节。

图5-9　笄，截子玛瑙，长38.4厘米（公元前六世纪）

　　西方装饰色彩秉承的是源于古希腊的宇宙精神，所谓宇宙精神就是相信包括人在内的宇宙是一个稳定完整的统一体。统治西方思想最根本的观念即柏拉图的理念论认为真理的世界（即理念世界），是永恒完满和谐的世界。对完美形式的无限理想，使其对精神的普遍追求忽视了个性的意义，从而在装饰艺术上，对完美形式的追求约束了内在性的表现。哲学家亚里士多德学说也很具有代表性，他提出"艺术即模仿"，奠定了西方的理性的、现实主义的、以人为本的审美价值体系。之后的文艺复兴时期，西方一方面对古希腊人本主义审美原则予以自觉地确认，另一方面，又在此基础之上发展了一种新的审美理念：审美即科学。这种以人本主义为主导而开启了文艺复兴时期的审美理念："审美即科学"、"美即写实表现"。达芬奇提出"艺术要插上科学的翅膀"的思想奠定了西方审美即科学的审美价值主流观念，并一直影响着后代的艺术家、审美理论家。以人本主义为主导而开启的美即真、美即写实表现、美即科学的审美理念。由此西方的理性主义和科学性对装饰艺术影响颇深，色彩以写实为准，追求理想性为美。

　　3.东西方色彩认识的差异

　　对同一种色彩，东西方由于地域、文化的不同而有差异，在欧洲，自古紫色是权力的象征，古罗马的士兵向往红色，红色是将军的色彩，更向往紫色。而在东方人的理念里，上层人不能用比较刺眼的颜色，尤其是紫色。孔子总是穿着白衣或黑袍，对紫色总是很反感："我憎恨这种颜色，因为它在与红色一起时，总是制造混乱，同时也总是使具有美德的人迷失自我。"西方以追求真理为最高目标。求"真"、"善"、"美"，本是人类的共同愿望，但在西方"真"高于"善"，"善"是在"真"的基础上的。在中国则"善"高于"真"，"真"和"善"合在一起。西方重推理分析，因此逻辑推理与分析的思维方法在西方十分发达。

中国则重直觉感悟，老子认为"致虚极，守静笃，万物并作，吾以观复"，强调的是唯心的感受。在中国传统文化中，色彩的装饰却有着丰富的文化内涵，统治者从维护其政权的需要出发，把色彩作为区分社会等级的手段，从而使色彩政治伦理化，具有了尊卑高下的文化特性。中国传统装饰色彩因附着了过多的社会政治内容而成为标识等级观念的象征性符号。可以说东西方对色彩认识的差异是由不同的文化底蕴、哲学精神、宗教信仰等产生的历史必然。

第二节　色彩的基本属性

一、色彩的物质属性

（一）光与色的关系

光是引起彩色视觉的物质，没有光就没有色彩，光能唤起我们的色感，柠檬反射着黄色的光，绿叶反射着绿色光，由于物体反射的光色不同，我们看到的物体的色彩也不相同，并随着光的改变而变化。

物理学家利用光学作用来解释色彩的存在。现行理论认为，自然光由一系列利用电磁波进行传播的量子组成，当光线遇到物体的阻碍时，会刺激我们视觉感知系统中对于色彩的敏感度。光线中有七种基础色：红色、橙色、黄色、绿色、蓝色、青色和蓝紫色（图5-10），每一种颜色都代表一段能够被人眼所辨别的具有特定波长的辐射能，即通称的可见光。波长不同的可见光呈现不同的颜色。人眼所看到的景象，是物体所发出的光线或物体受光源照射后所反射、透射的光在人类视网膜上的成象。因此色彩的产生，是光对人的视觉感知系统发生作用的结果。

图5-10　光线中有七种基础色的渐变

（二）光色与颜料色

光色与颜料色是两种不同属性的物质，光色是一种物理性的光学现象。光可分为两种：一种是自然光，主要是阳光，还有月光、星光等；一种是人造光，如普通室内灯光、闪光灯、霓虹灯、烛光等。特别是随着科技的进步，电脑灯光的进步，一些特殊的反光材质的出现，创造了很多的奇迹（图5-11～图5-13）。炫丽的舞台灯光，也可以变换很多不同的图案色彩组合；很多建筑物的外延，酒店的共享空间等地方，采用特殊的反光材料，创造更多的色彩变幻，也为设计师提供了更多的设计空间。

图5-11

图5-12

图5-13

颜料色是一种专门显示色彩的物质材料。当我们去观看物体时，看到的是光色；当我们在纸上用色彩描绘物体的时候，我们使用的是颜料色。颜料色还可以根据材料的物质属性进一步划分为油画色、水粉色、水彩色、国画色、印刷色（CMYK）、玻璃色料、纤维染料色等。由于其各种颜料色的成分与成色方式不同，以及所附着的材料不同，所以各自的色彩谱系都有一定的差别。

二、色彩三原色、间色、复色

色彩中不能再分解的基本色为原色。原色是由其他色彩混合不出来的色，原色的混合能产生出其他色彩，但其他色的混合不能还原成原色。

根据色彩的物质属性，色彩三原色有两层含义。色光三原色分别是红、绿、蓝，分别缩写为R、G、B。通过色光三原色不同比例的混合可以得出所有光色，色光三原色同时叠加得白色。颜料三原色分别是品红、黄、青。从理论上讲，颜料三原色的混合可以得出所有颜料色（图5-14）。

两种原色混合所得的色彩称为间色，亦称第二次色。色光三间色为品洋红、黄色、青色（图5-15）。在光色中，我们既可以通过两种原色的叠加生成间色，也可以通过三原色叠加后的白光中减去一种原色光而产生间色，这是光色与颜料色不同的地方，即白－蓝＝黄＝红＋绿，白－绿＝品红＝红＋蓝，白－红＝青＝绿＋蓝。颜料三间色为橙色、绿色、紫色。

颜料的两个间色或一种原色和其对应的间色（红与绿、黄与紫、蓝与橙）相混合得复色，亦称第三次色。复色的纯度比间色低。

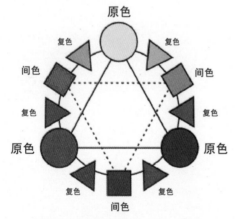

图5-14 颜料三原色、间色、复色

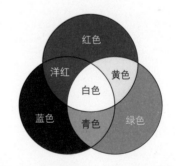

图5-15 色光三原色（红色 蓝色 绿色）
间色（洋红、黄色、青色）

三、色彩的三要素

任何一种色彩都包含了色彩三要素，我们可以通过色彩的三要素来把握色彩，分析某种色彩在色谱中的位置，控制不同色间的对比与调和，以建立协调的色彩关系。色彩三要素分别是色相、明度与纯度。它们之间既相对独立，又相互关联，相互制约。

（一）色相

色相是指色彩不同的相貌、不同的色调变化。我们认识的基本色相是：红、橙、黄、绿、蓝、紫，它们是光谱中的基本色相。像如玫红、大红、朱红、橙红标明的是一个特定的色相，它们之间的差别属于色相差别，要区别于明度差别。

色彩学家把红、橙、黄、绿、蓝、紫等色相以环状形式排列，如果再加上光谱中没有的红紫色，就可以形成一个封闭的环状循环，从而构成色相环，使色相呈循环的秩序。12色相环按光谱顺序排列为：红、橙红、黄橙、黄、黄绿、绿、绿蓝、蓝绿、蓝、蓝紫、紫、红紫（图5-16）。图5-15～图5-31为学生作品。

图5-16　12色色相环

图5-17　学生作品（张瑞丹）

图5-18 学生作品（周丽丽）

图5-19 学生作品（刘丽纹）

图5-20　学生作品（赵霄丹）

图5-21　学生作品（周林云）

图5-22　学生作品（李芹）

图5-23　学生作品（靳蓉）

图5-24　学生作品（李芋慧）

图5-25　学生作品（李佩林）

图5-26　学生作品（刘照清）

图5-27　学生作品（闫红红）

图5-28 学生作品（杜珂馨）

图5-29　学生作品（李淑云）

图5-30　学生作品（段续锦）

图5-31 学生作品（岳维娜）

（二）明度

明度指色彩的明暗程度，也可称是色彩的亮度、深浅。色彩的明度，和物体表面色光的反射率有关。物体表面的光反射率越大，对视觉刺激的程度就越大，视觉效果就强烈，颜色的明度就越高。

由于有彩色中不同的色相在可见光谱上的位置不同，所以被肉眼知觉到的程度也不同。黄色处于可见光谱的中心位置，眼睛知觉度高，色彩的明度也高。紫色处于可见光谱的边缘，振幅虽宽，但是波长短，知觉度低，所以色彩的明度就低。橙色、绿色、红色、蓝色的明度居于黄色、紫色之间，这些色相依次排列，明度的秩序很自然地就显现出来了。即便是同一个色相，也会有自己的明暗变化，如深红色、中红色、浅红色，明暗差异很大。

色彩可以通过加减黑、白来调节明度。白色物体属于反射率高的物体，当有彩色加白时会提高其明度；黑色属于反射率低的物体，在有彩色中加黑时会降低混合色的反射率、明度，所混合出的色彩可以构成各色相的明度序列，排列出色阶（图5-32）。图5-34～图5-42为学生作品。

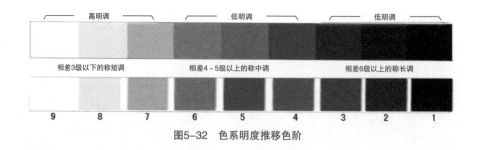

高明调	低明调	低明调
相差3级以下的称短调	相差4～5级以上的称中调	相差6级以上的称长调

9　8　7　6　5　4　3　2　1

图5-32　色系明度推移色阶

1. 亮明调（具有优雅明亮的感觉，图 5-33）

(1) 高长调——强明度对比，主色调为亮色调——明亮、活泼、清澈

(2) 高中调——中明度对比，主色调为亮色调——柔和、明朗、安稳

(3) 高短调——弱明度对比，主色调为亮色调——明亮、辉煌、清新

2. 中明调（具有柔和稳定感，图 5-33）

(1) 中长调——强明度对比，主色调为中明度调子——坚硬、深刻

(2) 中中调——中明度对比，主色调为中明度调子——丰富、饱满

(3) 中短调——弱明度对比，主色调为低明度调子——朦胧、模糊

3. 低明调子（具有沉静厚重感，图 5-33）

(1) 低长调——强明度对比，主色调为暗色调——清晰、强烈、冲击力

(2) 低中调——中明度对比，主色调为低明度调——深沉、厚重、稳健

(3) 低短调——弱明度对比，主色调为低明度调——沉闷、神秘、模糊

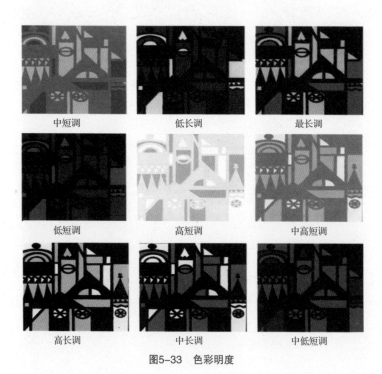

中短调　　　　　低长调　　　　　最长调

低短调　　　　　高短调　　　　　中高短调

高长调　　　　　中长调　　　　　中低短调

图5-33　色彩明度

图5-34 学生作品（于漫）

图5-35 学生作品

图5-36 学生作品（姚遥）

图5-37 学生作品（闫红红）

图5-38 学生作品（姚语嫣）

图5-39 学生作品（苗欣欣）

图5-40　学生作品（卢文彪）

图5-41　学生作品（王蕊）

图5-42　学生作品（李淑芸）

（三）纯度

纯度是指色彩的鲜艳程度，不同的色相不仅明度不同，纯度也不同。红色是纯度最高的色相，蓝绿是纯度最低的色相。黑白灰属于无彩色系，任何一种单纯的颜色，若与无彩色系中的任何一色混合即可降低它的纯度。色相除了拥有各自的最高纯度以外，它们之间也有纯度高低之分。通常可以通过水平的直线纯度色阶表确定一种色相的纯度量的变化（图5-43）。图 5-44 ～图 5-51 为学生作品。

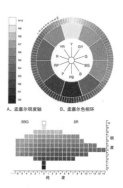

图5-43　纯度色阶图例

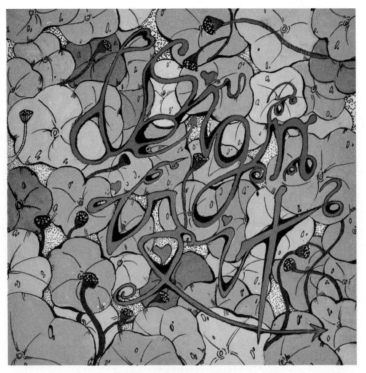

图5-44　学生作品（李振兴）

图5-45　学生作品（姚遥）

图5-46　学生作品（蒋伟）

图5-47　学生作品（靳蓉）

图5-48　学生作品（李芹）

图5-49　学生作品（李振兴）

图5-50　学生作品（苗欣欣）

图5-51　学生作品（刘照清）

第六章　色彩的表现形式

色彩的表现形式包括色彩的对比与色彩的调和。即两种或两种以上的色彩放在一起时，由于互相影响的作用而显示出差别的现象。在色彩艺术的实践中，色彩效果总是在综合对比和调和中产生的。

第一节　色彩的对比

在我们的视觉中，可以说任何色彩都是在对比状态下存在的，或者是在相对条件下存在的。因为任何物体或者是一种颜色都不可能单独存在，它都是从整体中显现出来的，而我们的知觉也不可能单独地去感受某一种色彩，总是在大的整体中去感觉各个部分，它与它的存在环境关系密切。

色彩对比构成有很多种的表现形式，有色彩的三要素的对比，即明度、纯度、色相，还有色彩的面积对比、色彩的冷暖对比等。

一、色相对比

将色相环上的任意两色或三色并置在一起，不同面貌的色彩所产生的种种对比关系，在比较中呈现色相差异，称之为色相对比。在色彩对比中，以色相的对比变化最为丰富，也是色彩变化中带给人们感受最强、最直接的变化形式之一，是影响色彩知觉的重要手段，其充满了力量和欢乐。

家居设计中的装饰、日用品，公共场所的标志、招贴、导向标识等，以及大街上行驶的五颜六色的汽车、路边的广告招贴等，都越来越多利用色彩对比的威力去吸引着人们的眼球。人们喜欢色彩，往往是喜欢那些有色相感的色彩，即有一定的纯度的色彩。不同程度的色相对比，有利于人们识别不同程度的色相差异，有利于增加视觉的判断力，同时也丰富了色彩的感受，满足人们对色相感的不同要求。

图6-1　镶嵌木箱，高19厘米，公元前2000年

色相对比在原始艺术和民间艺术中体现得最为广泛。从远古时代早期的装饰、陶器、纹身、面具（图6-1），到民间的刺绣、服装、剪纸、泥玩具等纯色相的搭配中，很容易感受到一种生命内在的冲动，也证明了人类自古以来对色彩的爱好。利用色相对比进行创作和设计的现代大师也屡见不鲜，例如画家马蒂斯、蒙德里安、毕加索、康定斯基、莱热、米罗等（图6-2、图6-3）。

伊顿在《色彩艺术》中曾说道："未经过掺和的原色和间色总是有一种宇宙的光辉特色，也有具体的现实的特点。"可见，色相对比有着强大的表现力，既可描绘尘世间万物，又可表达神圣、复杂的精神。

色相对比的强弱决定于色相在色相环上的位置。从色相环上看，任何一个色相都可以以自我为主，组成同类、类似、邻近、对立和互补色相的对比关系。

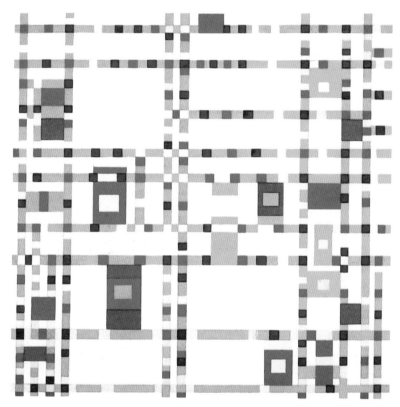

图6-2　百老汇的布基1942—1943年蒙德里安作品

图6-3　康定斯基作品

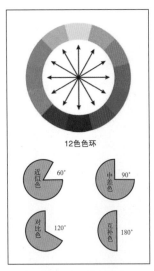

图6-4　色相对比

（一）近似色相对比

近似色相对比是指色相距离 60 度以内的对比（图 6-4），是色相对比中最弱的对比类型。近似色相对比的几个色同属于一个大的色相范畴，但能区别出冷暖变化，例如：玫红、大红、橘红，黄绿、翠绿、蓝绿。此对比的特点单纯、稳重、雅致，但也容易出现单调、呆板的效果，要避免这样的效果出现，就要通过拉开它们的明度距离和纯度关系来调整解决（图 6-5）。图 6-6 ～图 6-8 为学生作品。

图6-5　日本设计师（小岛郎平作品）

图6-6　学生作品（陈磊）

图6-7 学生作品（王书明）

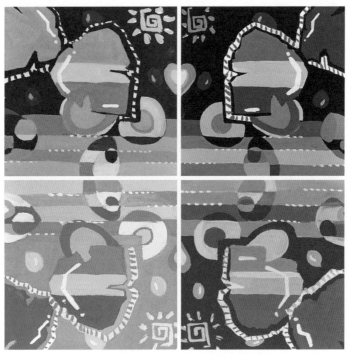

图6-8 学生作品（杜馨）

（二）中差色相对比

中差色相对比是指色相距离 90 度以内的对比（图 6-4），是色相对比中度对比类型。中差色相的配色效果显得丰富、活泼，既保持了统一的优点，又大大地丰富了视觉效果。图 6-9 ～图 6-13 为学生作品。

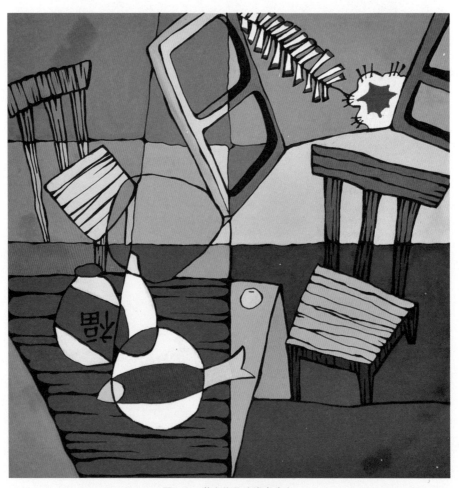

图6-9　学生作品（张书先）

图6-10　学生作品（武娇娇）

图6-11　学生作品（方丽颖）

117

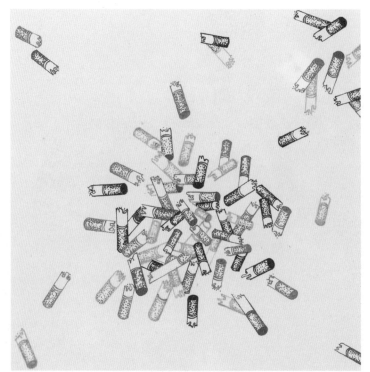

图6-12 学生作品（曾寅秀）

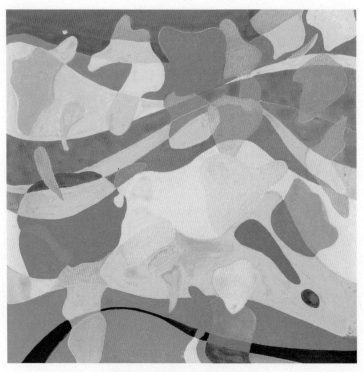

图6-13 学生作品（卢晓静）

（三）对比色相对比

　　对比色相对比亦称大跨度色域对比，指色相距离120度左右的对比类型（图6-4），是色相对比中强度的对比类型。这种对比关系有着鲜明的色相感，效果强烈、兴奋，但易令人视觉疲劳，处理不当会有烦躁、不安定之感。这是极富运动感的最佳配色（图6-14）。图6-15～图6-19为学生作品。

图6-14　日本设计师（小岛朗平作品）

图6-15 学生作品（田雪）

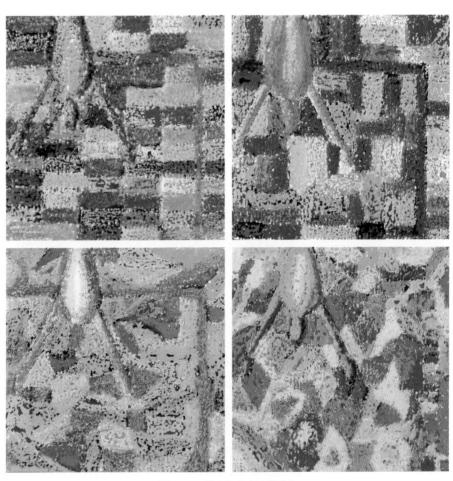

图6-16　学生作品（贾蓉芳）

图6-17 学生作品（关婧）

图6-18 学生作品（左思敏）

图6-19　学生作品（李淑芸）

（四）互补色相对比

互补色相对比是指色相距离180度的对比（图6-4），是色相对比中最强烈的对比类型，是色彩对比的归宿。它比对比色对比更完整、更充实、更富有刺激性，其长处是饱满、活跃、生动、刺激，短处是不含蓄、不雅致，过度刺激，有些简单、率真的感觉。图6-20～图6-23为学生作品。

红、黄、蓝是色相对比的极端，它与橙、绿、紫构成互补关系，构成了补色对比的三个极端，黄、紫是明度对比的极端，红、绿是彩度对比的极端，橙、蓝是冷暖对比的极端。

这三对互补色适合应用在离视线很远的设计类型中，令人能在一瞬间获得最完整的视觉印象，追求的是强烈的视觉冲击力，有的时候，也会加入黑色、白色来加强、抑制一下色相对比的强度或者调整其色相色彩的明度或者纯度，使视觉效果更加丰富、变幻。

图6-20 学生作品（李纪昂）

图6-21 学生作品（曾洁）

图6-22　学生作品（董光超）

图6-23　学生作品（许付娟）

二、明度对比

明度对比就是将不同明暗程度的两色并列在一起，强调或者抑制色彩的明度产生的对比变化关系。每一种颜色都有自己的明度特征。柠檬黄明度高，蓝紫色的明度低，橙色和绿色属中明度，红色与蓝色属中低明度。当色彩对比时，视觉除去分辨出色相的不同，还会明显感觉到明暗的差异。即亮色调、中色调及暗色调等的不同对比变化。

明度对比效果是由于同时对比导致的。明度的差别可能是同一色彩的明暗对比，也可能是多种色彩的明暗对比。人的视觉对色彩明度的对比较为敏感，明度对比对视觉的影响力也比较大。我们传统的水墨画，单色中可以呈现"五颜六色"，其黑色的运用可以说是对明暗的表现到达了一种精细微妙的境地。书法中那种强有力的黑白关系，极富有节奏感。伊顿在讲明度对比时曾说："同有彩色相反，无彩色会产生一种绝对的、坚固的、不易磨损的和抽象的概括的效果。"

在色彩对比中，黑、白、灰决定着画面的基调，它们之间不同量、不同程度的对比具有能够创造多种色调的可能性。而调子本身又具有很强的塑造力，如空间感、光感、层次等，因此，它对画面是否明快、形象是否清晰起着关键性的作用。

明度的调子，以黑、白、灰系列的 9 个明度阶梯为基本标准可进行明度对比强弱的划分。靠近白色的 3 级称为高调色，靠近黑色的 3 级称为低调色，中间 3 级称为中调色。色彩间明度差别的大小决定着明度对比的强弱（以蓝色为例）。图 6-24 ～图 6-27 为学生作品。

图6-24　学生作品（李国玮）

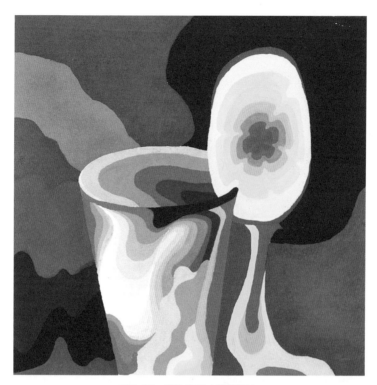

图6-25　学生作品（张婧颖）

图6-26　学生作品（李纪昂）

图6-27 学生作品（李慧慧）

三、纯度对比

纯度对比就是将不同纯度的两色并列在一起，纯度差别而形成鲜度更鲜、浊的更浊的色彩对比现象，称为纯度对比。

纯度对比较之明度、色相对比更含蓄、更柔和，它的对比作用是内在的，其特点是增强用色的鲜艳感，即增强色相的明确性。

图6-28 夸张的玫瑰（保罗克利）

如要降低一个纯色相的纯度，可渗入白或黑，也可渗入同等明度的灰，或者混入相对补色。降低后的色彩个性将产生不同程度的改变，色彩间色量的多少也会相应改变。设计中不同纯度的对比关系，能很好地体现材料性能、质地的肌理效果等。暗淡的灰色使相配的颜色更加炫目，富有色感的亮色反衬着灰色，使其显得更加柔和。例如保罗克利的《夸张的玫瑰》（图6-28），艺术家为了配合具有强烈形式感的变形后的玫瑰造型，选用色彩对比形式较弱的纯度对比关系，大大地减弱了其原有补色强烈的对比效果，恰到好处地表现了作品的主题"玫瑰"。

从对比规律上看，纯度的鲜与浊不是孤立存在的，也就是说"暗淡与生动的对比效果是相对的。同一种色彩在暗淡色调的旁边可能显得生动，而在一种更加生动的色调旁则又显得暗淡了。"纯度对比带来的视觉感受无时不影响着我们。因此，在运用纯度色彩时，一定要考虑画面的整体纯度倾向是高还是低；二要考虑纯度的对比度，注意从整体上把握对比效果。

　　用纯度对比进行创作时，单一色相纯度弱对比表现的形象就特别模糊，如果选用纯度强对比或不同色相的纯度变化，将它们同时放置在同等明度下，就会出现一幅既和谐微妙又耐人寻味的画面效果。另外，纯度对比构图中图形不宜过小、过散，否则会减弱其作品的视觉效果。

　　色彩总是通过一定的面积、形状、位置和肌理表现出来。也就是说，一块颜色或一笔颜色，总是伴随着面积大小、形的轮廓与方向、色的分布等因素被我们所认知。因此，研究色彩对比，就一定离不开与之相关的这些要素（图6-29）。图6-30～图6-34为学生作品。

图6-29　日本设计师（小岛郎平作品）

129

图6-30 学生作品（杨恋）

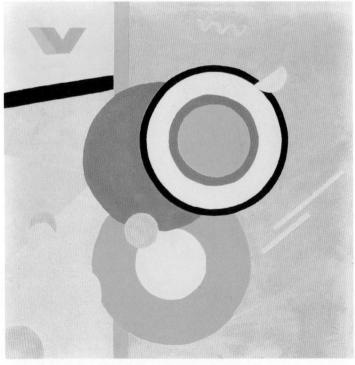

图6-31 学生作品（陈磊）

图6-32 学生作品（盖斌）

图6-33 学生作品（张雪）

图6-34　学生作品（薛白）

四、面积对比

色彩面积的大小对色彩对比的影响也是很大的，对比色彩的双方面积相当时，互相之间产生抗衡，对比效果强，也称为抗衡调和法。当面积大小悬殊时，则产生烘托、强调的效果，也称优势调和法。

任何配色效果如果脱离了色彩相互间的面积对比都将无法讨论。通常大面积的色彩设计多选择明度高、纯度低、对比弱的色彩，给人带来明快、持久和谐的舒适感，如建筑外延、内部空间用色、展台、店面设计等。中等面积的色彩多采用中等程度的对比，例如室内装饰用色、服装配色等，近似色组及明度中调对比就用得较多，既能引起视觉的焦点，又没有过分的刺激。小面积的色彩常采用颜色和明色以及强对比，如日常用品的色彩、公共设施标识、商标等。当然设计有的时候也要根据不同的设计目的进行色彩的特殊处理和调整，要符合最根本的设计需要，才能达到最佳的设计效果。图6-35～图6-37为学生作品。

图6-35 学生作品（李卉）

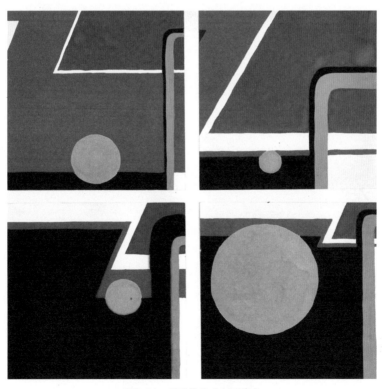

图6-36 学生作品（刘云亭）

图6-37　学生作品（付春清）

五、冷暖对比

色彩的冷暖好似人体本身的经验习惯赋予我们的一种感受，冷暖对比即色彩的知觉度对比。人们日常生活的经验和印象的积累，使视觉变成了触觉的先导，只要一看到红橙色，心里会产生温暖和愉快的感觉；一看到蓝色，就会觉得冰冷和凉爽。所以，从色彩的心理学来考虑，红橙色被定为最暖色，绿蓝色被定为最冷色。红橙色与蓝绿色是冷暖对比的两极。

它们在色立体上的位置分别被称为暖极、冷极，离暖极近的称暖色，是指黄、黄橙、橙、红橙、红和红紫色。离暖极远的称冷色，是指黄绿、绿、蓝绿、蓝紫；绿色和紫色被称为冷暖的中性色。

从色彩心理学来说，还有一组冷暖色，即白色、黑色。当白色反射光线时，也同时反射热量，同样，黑色吸收光线时，也吸收热量。不论冷色还是暖色，加入白会倾向冷，加入黑会倾向暖。任何色彩的冷暖都是相对的，任何冷色或是暖色，加白后有冷感，加黑后有暖感。在同一色相中也有冷色感和暖色感之别。冷暖实际上只是一个相对概念，如大红色比玫红色暖，但又比朱红色冷，朱红又比橙红色冷。图6-38～图6-41为学生作品。

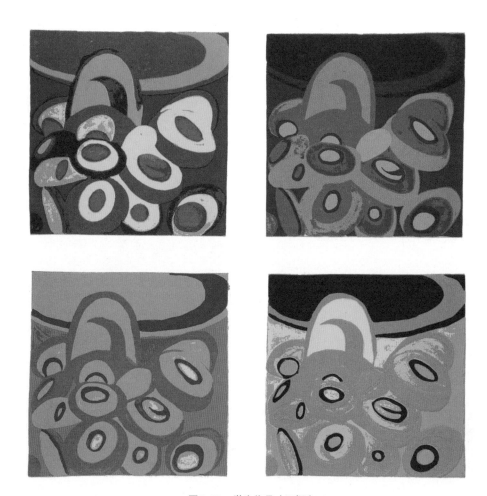

图6-38　学生作品（王颖）

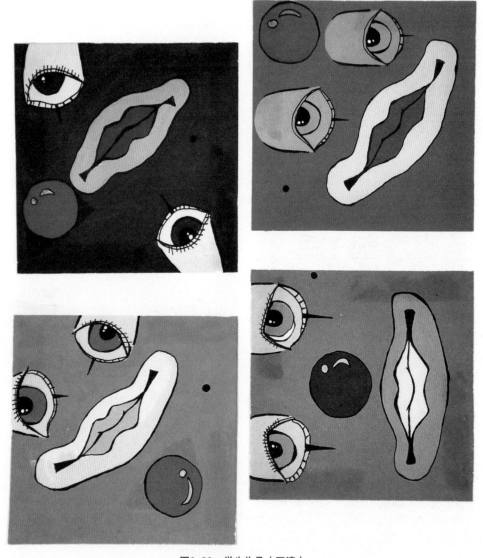

图6-39　学生作品（王潼）

图6-40 学生作品（李淑芸）

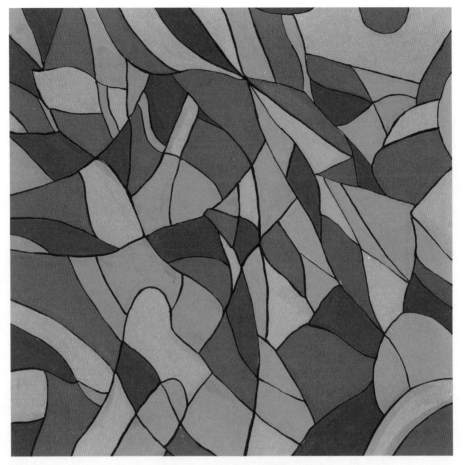

图6-41　学生作品（张璐璐）

第二节　色彩的调和

一、色彩调和的理论

所谓色彩调和，即将两个或两个以上的色彩，有秩序、协调统一地进行组合，使之产生谐调感，令人心情愉快、满足等的色彩组合就是色彩调和。所有色彩对比的结果都归结为调和。

从广义的角度去理解色彩的调和，则是"多样性"的统一，它不仅是有差别的对比色彩为了构成和谐统一的整体，所需经过调整与组合的过程，而且还将有明显差别的色彩或不同的对比色组织在一起时，要求达到和谐的效果。色彩和谐是就色彩的对比而言的，有对比才会有调和。两者是矛盾的统一体，既互相排斥，又互相依存，相辅相成，相得益彰。

从 19 世纪以来，一些科学家和艺术家都对色彩的调和作了大量的研究，提出了色彩调和的一些方法和理论。

（一）斯宾塞色彩调和论

美国科学家珀里·蒙（Parry Moon）和多米娜·斯宾塞（Domina Eberle Spencer）于 1944 年共

同发表了关于色彩调和的理论。他们运用定量性的大量分析，对调和与不调和的原因提出了自己的看法。这种用定量性的分析对美的研究虽然有些机械，但它为色彩调和提供了切实可行的方法。例如，无彩色系的配置比较容易调和，无彩色系与各种有彩色系也比较容易调和，同一色相比较容易调和，相邻的色相容易调和等。

（二）奥斯特瓦德调和论

这是他在色立体的研究基础上的发展，在他的等白量序列、等黑量序列和等色相序列中，已经显示了色彩的秩序对色彩调和的作用。

（三）伊顿的色彩调和论

主要包括三种选色法：

1. 双色对偶的调和，即补色对比，用色相环上的对偶补色来达到互相衬托的效果。

2. 三色对偶选色调和，指在色相环上多种三角形关系的色相都可以构成具有对比关系的调和色组。

3. 四色对偶的调和选色，指在色相环上处于四边形顶角位置的色相，都能组成既具有对比关系又有调和作用的色彩组合。

二、色彩调和的方法

了解色彩调和的理论后，要学会如何调和色彩。无论是对比多么强烈的色彩我们都可以通过一些方法使之调和统一，使其在强烈的色彩对比中有着含蓄、稳定和恬静的感觉。

（一）同一调和

当两个或两个以上的色彩对比效果非常尖锐刺激的时候，将一种颜料混入各色中去增加各色的同一因素。改变色彩的明度、色相和纯度，使强烈刺激的各色逐渐缓和，增加同一的一致性的因素越多调和感越强。例如，当两色面积相等，而且成为补色时红与绿、黄与紫、蓝与橙等，由于强烈的对比刺激而不和谐。但如果彼此双方都调上灰色，都有了灰色的色素，由于有了同一的因素，从而削弱了对比度，使强烈的对比的画面得到缓和。鲜艳的红色和绿色变成了灰红和灰绿，从视觉上得到了调和。

具体的调和方法如下：

1. 混入同一白色调和；

2. 混入同一黑色调和；

3. 混入同一灰色调和；

4. 混入同一原色调和；

5. 混入同一间色、复色调和；

6. 互混调和；

7. 中性色勾勒调和。

当画面中使用的色彩过分强烈或色彩含混不清时，运用中性色黑、白、灰和金银色把形象的各个色域进行勾勒，使之既相互关联又相互隔离，而达到统一调和。如荷兰画家皮埃特·蒙德里安（1872—1944）的作品《构图1928》。就是利用黑色的分割线而使多彩的画面达到和谐而明朗清晰。图6-42～图6-47为学生作品。

图6-42　学生作品（李娜）

图6-43　学生作品（张书先）

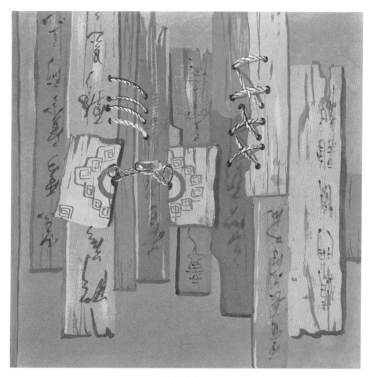

图6-44　学生作品（叶永权）

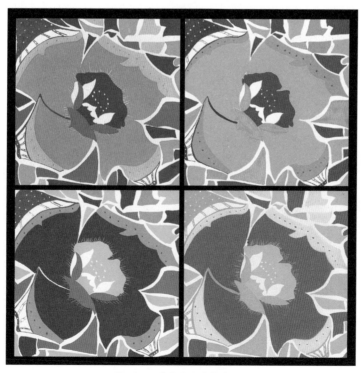

图6-45　学生作品（曾寅秀）

图6-46　学生作品（许隽）

图6-47　学生作品（倪慧琪）

（二）秩序调和

把不同明度、色相和纯度的色彩组织起来，形成渐变的、有条理的或等差的有韵律的画面效果，使原本强烈对比、刺激的色彩关系，因此而变得调和，使本来杂乱无章的、自由散漫的色彩由此变得有条理、有秩序从而达到统一调和。这种方法就叫秩序调和。

秩序调和在生活中也经常体现出来。如在家中或教室里，虽说有时房间窄小很拥挤，但由于整理得有条理，教室的桌椅一排排一行行排列得很整齐，因此都能得到调和的效果。再如雨后的彩虹它是由赤、橙、黄绿、青蓝、紫色彩渐变排列组合而成的，非常美丽也非常调和。由此可见，调和等于秩序是有道理的。图6-48、图6-49为学生作品。

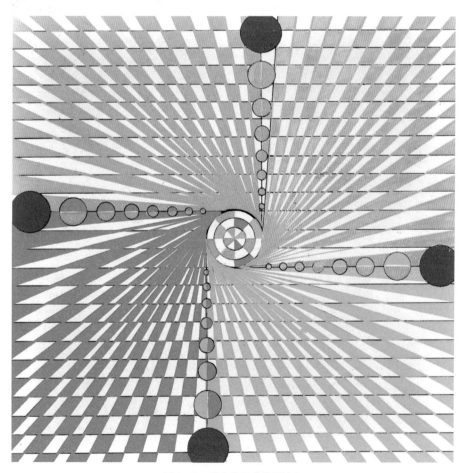

图6-48　学生作品（朱云洁）

图6-49　学生作品（王嘉玮）

第七章　色彩的心理效应

色彩运用的最终目的是感情的传递。色彩本身自然无所谓感情，这里所说的色彩感情只是发生在人与色彩之间的感应效果。

第一节　色彩的心理感知

感知是一种心理作用，是指人们对事物的认识过程。贝尔森和史提纳（Burleson and Steiner, 1964）在其合著的人类行为一书中，对感知所下的定义为"感知是一种复杂的过程，通过这个过程，人们对感官的刺激加以挑选、组合、产生注意、记忆、理解及思考等心理活动，并给予解释成为一种有意义和连贯的图像"。从理性的角度来讲，从光进入到眼中到产生色的意识的过程里，可以分为三个阶段：第一阶段是物理性阶段，也就是光的性质和量的问题；第二阶段是生理性的阶段，也就是由视觉细胞产生光和色的对应，然后传到大脑中；第三阶段是心理性的阶段，也就是接受光时，心理的意识变化。色的感觉就是光对眼睛这一感觉器官刺激的结果。在认知对象或客观性事物的过程中，由神经所产生的反应，就称之为感知。

怎样用色彩来表现对外界事物的认识与感受，怎样用色把对美的理解体现出来？认识人对色彩的生理和心理感知，自然是首要的问题。考察色彩与感知个体的关系。色彩会因不同观者、不同条件而有不同的感受，因此引发出色感（冷暖感、胀缩感、距离感、重量感、兴奋感等）。艺术总是一定社会生活在人们头脑中的反应的产物。是人们主观审美意识与客观世界相统一的成果，是人们审美意识作用于现实材料的物态化形态。只有把握好人们对装饰色彩感知的一些本质和特性，才能准确地传递一定的趣味、情绪、格调、风尚等信息。因此，形式美规律的运用，起到关键作用。它所呈现出的美的内容并不是直白具体的认识，而是洋溢、烘托出来的朦胧宽泛的情感、联想。

色彩本身是没有灵魂的，它只是一种物理现象，但人们却可以从中感受到各种各样的感觉。这是因为人们长期生活在一个色彩的世界中，积累着许多视觉经验，一旦知觉经验与外来色彩刺激发生一定的呼应时，就会在人的心理上引出某种情绪。也就是说人的感受器官能把物理刺激能量转化为神经冲动，这种神经冲动传达到脑产生感觉和知觉，而人的心理过程，如对先前经验的记忆、思想、情绪和注意集中等，都是人脑较高级部位以一定方式所具有的机能，它们表现了神经冲动的实际活动。色彩对人的刺激也是这么一个过程，通过眼睛把刺激转化为某种神经冲动，在大脑中与先前的经验、思想、知识相结合，最后在观众心理产生千变万化的心理效果。自19世纪中叶以后，心理学已从哲学转入科学的范畴，心理学家开始注重色彩心理的效果的试验。不少色彩理论中都对此作过专门的介绍，这些经验向我们明确地肯定了色彩对人心理的影响。

科学家通过试验发现人体的肌肉和血液循环在不同的色光照射下发生不同变化，其反应程度为："蓝光最弱，随着色光变为绿、黄、橙和红，依次增强。"这些影响总在不知不觉中发生作用，左右我们的情绪。例如在红色环境中，人的脉搏会加快，血压有所升高，情绪兴奋冲动。而在蓝色环境中，人的脉博会减缓，情绪也较沉静。蓝色、绿色能减缓人们的视觉冲击，使人获得平静、自然、健康、祥和与轻松的感觉。这类颜色在环保类、医药类、绿色食品类、保健品类商品的包装与广告设计中运用较多。例如在冷饮或冷冻食品的包装与广告设计中都采用冷色调，使人有愉悦、清凉感。黄橙色给人以温暖感、新鲜感，因此这类颜色在食品类的设计中运用较多。红色给人的视觉冲击力最强烈，最能引起人们的注意。因此许多设计中的警示性标志都采用红色，以此警戒人们，从而可以减少许多事故的发生。波长长的红光和橙、黄色光，本身有暖和感，以此光照射到任何色都会有暖和感。相反，波长短的紫色光、蓝色光、绿色光，有寒冷的感觉。夏日，我们关掉室内的白炽灯，打开日光灯，就会有一种变亮的感觉。颜料也是如此，在冷食或冷的饮料包装上使用冷色，视觉上会引起你对这些食物冰冷的感觉。冬日，把卧室的窗帘换成暖色，就会增加室内的暖和感。以上的冷暖感觉，并非来自物理上的真实温度，而是与我们的视觉与心理联想有关。总的来说，人们在日常生活中既需要暖色，又需要冷色，在色彩的表现上也是如此。

色彩不仅是一种自然物理现象，同时人类也赋予了色彩丰富的情感内涵和文化意义，并且这种内涵和意义会随着民族地域以及时代的不同而呈现出明显的差异性。不同民族地域人们所赋予色彩情感的、精神的文化的意义，会在许多艺术与设计造物中表现出来，这些艺术与设计形态的色彩面貌呈现出鲜明的民族地域特色。色彩本身没有感情，可一旦与人接触，它们即被赋予了人类的诸如情感、性格、文化、政治等信息，并且与时间、空间相连接，呈现出色彩符号出多元化的表情。色彩在装饰艺术中是情感表达最为直接的语言。它具有一种形式的主动吸引力，使人产生或热烈、或寒冷、或明快、或沉静的情感倾向。色彩本身并没有感情，感情的发生只是在人与色彩之间的色彩联想和心理感应。白色给人纯洁和宁静之感。在色彩学上，对颜色的喜好与某些重要的社会因素和个性因素有关，在色彩选择上还有可能把人们的社会习惯牵扯进去。歌德在色彩论中认为红色是积极的（或主动的）色彩，积极的色彩能够产生一种积极的、有生命力的和努力进取的态度，红色能够表现出某种崇高性、尊严性和严肃性。抽象派美学家康定斯基也指出"任何色彩中也找不到红色中所见到那种刚烈的热力"。色彩在人们的日常生活和生活劳动中会显示出各种各样的效果，打动人的心灵。闻一多先生曾写道："红色给我以热情，绿色给我以发展，黄色赐予我忠义，蓝色教我以娇洁，粉色赐我以希望，灰色给我以悲哀。"曾经在国外有一座黑色的桥，每年总有些人在那里自杀。后来，人们把这座桥漆成天蓝色，在这里自杀的人大大地减少了。人们又把桥漆成红色，在这里投水的人几乎绝迹了。这因为，阴暗的黑色会加深绝望了的人心中的痛苦，而明快鲜艳的色，则给频于死亡的心灵投入了一线希望之光，又点燃了生命之光。美国科学家做过多次实验，让一个正在发怒的人进入粉红色墙壁的房间里，他的怒火就渐渐地平息下来。首先，从色相的角度来说，红、橙、黄色有温暖热情，充满跃动感，有比较近的空间感；而蓝色则具有冷漠、知性、沉静、澄明、静寂的感觉，让人感觉空旷、深远；绿色充满生命力，黑色深沉。其次，明亮的色彩有轻快感、活跃感、接近感，颜色越暗越有厚重感、严肃感。中间的调子使人感到稳定、平和。最后，是饱和度。饱和度越高的颜色越鲜艳，越强烈，有新鲜感。灰调朴素、淡雅。色近感和胀缩感在空间营造时也非常有帮助明度高、彩度强的暖色有前进感和膨胀性，而明度低、彩度弱的冷色有后退感和收缩性。利用这样的特性有助于调整房间的大小；居室空间大的，家具、陈设物、壁纸等可以选用前进和膨胀性色彩，使空间视觉效果相对变小，变得充盈和小巧，不那么空旷。反之，则可以使小居室稍稍显大，有利于改善局促局面。例如我国的经济适用房，面积普遍偏小，一般使用浅色调的后退色，使空间稍显宽松，用色一般也要单纯而统一；而一些豪宅为了避免显得过于空旷，一般主色调为深色调的前进色，并且色彩变化较多，可以用色彩划分成较小的功能区域，进一步充实了大空间。"色彩还会给人带来积极和消极、亢奋与疲劳的情绪感受"，暖色给人积极的心理暗示，而冷色则让人悲伤忧郁，色彩刺激人的神经系统，对比强烈的色彩易使人处于兴奋状态。国外的一位足球教练把球员更衣室漆成蓝色，帮助球员缓和紧张情绪；而把外墙漆成红色，以激励球员兴奋应战。可见这教练是懂得色彩心理分析的，当然起到了很好的效果。基于上述关系，就引伸出色彩的可读性和注目性。同样的色彩，在不同的背景下，效果是不同的。

人的心理活动是一个极为复杂的过程，它由各种不同的形态所形成，如感觉、知觉、思维、情绪、联想等，而视觉只是包括听觉、味觉、嗅觉、触觉等在内的感觉的一种。当视觉形态的形和色作用于心理时，并非是对某物或色各别属性的反映，而是一种综合的、整体的心理反映。

色彩给人带来各种各样的想象、联想与回忆，使人们产生各种各样的感情、心境与情趣、感情的产生，主要决定于观者的主观心理，由他的地域、经历、环境、偏好和个性等因素决定的，在这里我们只探讨大众色彩心理感受，很多个别现象需要我们不断研究和探索。

第二节　色彩的情感联想

视觉器官在接受外部色光刺激的同时，还会自动地唤起大脑有关的色彩记忆痕迹，并将眼前的色彩与过去的视觉经验联系到一起，经过分析、比较、想象、归纳和判断等活动，形成新的身心体验或新的思想观念，这一创造性思维过程，即为"色彩联想"。人们对不同的色彩表现出不同的好恶，这种心理反应，常常是由人们生活经验、利害关系以及由色彩引起的联想造成的，由色彩产生的联想因人而异，受性别、年龄、阅历、兴趣和性格的影响。一般说来，儿童的色彩联想因阅历浅，社会接触有限，他们的联想多与身边的具体物品和自然物景有关，属于色彩的具体联想。对于成年人而言，联想的范围会随生活阅历而扩展，甚至会从具体事物过渡到抽象的精神文化和社会价值观念的领域，这是色彩的抽象联想。

一、具体联想

色彩的具体联想指由看到的色彩想到客观存在的、某一直观性的具体事物的色彩心理联想形式。每个人对一种色彩可以联想到不同的具体事物，进而形成不同的色彩视觉心理。一般来说，常用的颜色能够产生下面的联想。

红色：联想到太阳、火、血、苹果等。

橙色：联想到橘子、柿子、灯光、秋天的树叶等。

黄色：联想到向日葵、香蕉、迎春花等。

绿色：联想到树叶、草地、山等。

蓝色：联想到天空、大海等。

紫色：联想到葡萄、紫菜、茄子等。

黑色：联想到夜空、墨、炭等。

白色：联想到雪、白云、白糖、白纸等。

灰色：联想到乌云、灰烬等。

二、抽象联想

色彩的抽象联想，指由观看到的色彩直接想象到某种富于哲理或抽象性逻辑概念的色彩心理联想形式。德拉克洛瓦说过："黄色、橙色和红色具有快乐和丰富的含义。"色彩具有一定的主观性，"意足不求颜色似"说明了这种关系。一般来说，常用的几种颜色能够产生如下的抽象联想。

红色：联想到热情、革命、危险等。

橙色：联想到温暖、焦躁、可怜等。

黄色：联想到光明、希望、欢乐等。

绿色：联想到生命、安全、和平、青春等。

蓝色：联想到理想、永恒、和平、深远等。

紫色：联想到高贵、优雅、神秘、恐怖等。

黑色：联想到死亡、刚健、坚实等。

白色：联想到纯洁、神圣、干净、光明等。

灰色：联想到忧郁、绝望、阴森等。

此外，色彩的抽象联想还与人的主观意识是分不开的，不同的人物由于性格、经历、情绪的不同，对客观事物产生不同的看法，对于某些自然色彩产生的抽象心理联想也就不同，可以是"绿肥红瘦"，也可以是"怡红快绿"。至于"伤心碧"、"塞烟翠"、"青欲滴"、"绿生凉"，则是古代诗人笔下对色彩的不同抽象联想。

色彩的联想是由于人们在具体的生活中形成的。我们既反对形而上地把某种色彩硬说成代表某种性格，又不排斥在具体生活中形成某种联想使人产生的感情，这就是传统美学中运用色彩象征性的前提。传统中国画中经常把荷花画得红艳艳的，荷叶只用淋漓的水墨，面对这些形象，人们自然会觉得所画的水墨叶子是绿色的。

这是因为画家适应了自然现象相互联系这一科学规律，利用了欣赏者相应的联想作用。同样，一张白纸上，画上几只游动的小虾，人们根据自己的生活经验自然会把大片空白联想成茫茫的水面。在广告上，常常也有这样的例证，一张蓝色的画面，上角画几束灿烂的焰火，这块蓝色自然会被人接受为深邃的蓝天。同样是蓝色的底色，画上几块白色的三角帆影，这块蓝色又会被人们视为无边的海洋。一张绿色的画纸上画一对嬉戏的小羊，这绿色就成了如茵的草坪。正因为只是单纯的底色，空间更大了，给人的联想更多了。这种单纯是虚的，但又是实的，观众的想象是抽象的，但又是具体的，这样处理，不仅在形式上不一见其虚，在内容上也因某些启示与联想，使其更充实，更丰富了。"春风又绿江南岸"，一个"绿"字，给人多么充实而深刻的含义。我国古代诗人运用色彩象征的手法"日出江花红胜火，春来江水绿如蓝"，在诗句中体现了一幅浓丽的强对比色彩画面。

视觉器官在接受外部色光刺激的同时，还会自动地唤起大脑有关的色彩记忆痕迹，并将眼前的色彩与过去的视觉经验联系到一起，经过分析、比较、想象、归纳和判断等活动，形成新的身心体验或新的思想观念，这一创造性思维过程，即为"色彩联想"。当色彩对神经发生刺激时，引起多种分析器的兴奋，产生色彩感觉。对某一色彩现象的判断不仅通过视觉，还包括了其他感觉分析器以及记忆与思维，它是个全方位的色彩认识过程。所以，色彩联想也是全方位的，包括色彩的冷暖联想，色彩的强弱联想，色彩的轻重联想，色彩的华丽与朴素联想，色彩的轻快和忧郁联想，色彩的兴奋与沉静联系等。了解色彩的联想对了解联想者的注意力、想象力、个性发展等心理发展方面的情况很有好处。了解不同群体的人对某种色彩的联想情况，对设计都有参考价值。

第三节　色彩的象征

色彩的象征意义在不同的民族、不同的区域中具有差异性。不同的民族习惯、自然地理环境、风土人情、科学文化技术的差异影响着色彩的象征意义。从时间纵轴来看，色彩的文化意味是在长期的历史发展过程中，由特定民族的经济、政治、哲学、宗教和艺术等社会活动内化凝结而成的。它具有一定的稳定性。从空间断面来看，这种文化意味是特定民族的经济、政治、哲学、宗教和艺术等文化形态与民族审美趣味相互交融的结果。这种交融，使得色彩成为民族文化观念的标志和符号，它集中地表现着一个民族的喜好与厌恶，强烈地反映出民族的审美情趣。在一定程度上它已成为该民族独特文化的象征。

按照传统惯例，黑色在西方大多数国家象征哀悼，而在东方一部分地区却象征欢乐，哀悼的色彩是白色的。这表明，色彩与民俗、传统意识有着某种联系。温暖的黄色是一种金色的色彩，是一种太阳光创造的色彩，它象征着欢乐，富有和成熟。形成对比的是，与淡绿色接近的淡黄色则可以代表妒忌和猜疑。而蓝色被看作是理智的色彩，它象征着一种清新、明晰和合乎逻辑，这可能与天空的永恒性有关……

色彩的象征性是通过文化中介，用人的心理来感知的，从而使得不同色彩能与相应的生活感觉产生联系，色彩能引起我们的联想，将所有的联想组合起来就形成色调感情，在色彩设计时尤为重要。在标志设计的传统象征运用中，2008年北京2008年奥运会专用色彩系统可以说是一个非常成功的典范。在色彩组合运用中，"中国红"与"琉璃黄"及其辅色的组合，营造出中国式的热烈与隆重，是北京奥运庆典色彩的最佳选择；"琉璃黄"及其辅色的组合生发出明亮、辉煌的运动感与激情；"国槐绿"所代表的绿色色系，是健康、纯净、活力的最好象征；"青花蓝"及其辅色的组合象征着理性、科技的理想与创造，并赋予这种理想与创造以中国式的美感；最后，"长城灰"、"玉脂白"及其辅色系的组合，则将淡雅、含蓄、宁静升华为东方式的丰盈与和谐，成为中国哲学与智慧的最好阐释。"祥云"火炬，不仅在工业设计上是在全球化时代传承中华文化的形象符号，契合了北京举办"人文奥运"的主题，而且在工艺实现上也运用了一系列创新科技。在火炬设计中，文化是一个有着重要意义的创新角度。设计者说，一开始选择了代表中国的红色作为火炬的核心感受和色彩感受，这种红色传递了一种中国的印象，好像北京故宫的城墙、人们舞动的彩绸、过年悬挂的红灯笼、摆放的漆器工艺品，这种印象非常浓烈和热情。同时，设计方也考虑到了火炬在传递过程中的视觉传达效果，红色可以从复杂的环境中突出出来，它像火种一样，在城市和人群中描绘出一道亮丽的天际线。在建筑设计中，出色营造出中国传统"白贲"意境的苏州博物馆新馆设计，贝聿铭先生借鉴了苏州古典园林风格，整个建筑与古城风貌和传统的城市肌理相融合，以其大胆精准的选址，体现继承和创新的"中而新，苏而新"的设计理念、追求和谐适度的"不高不大不突出"的设计原则，成为传统苏州和现代苏州文化的形象代表。博物馆的基本色调是灰白两色，正是粉墙黛瓦的苏州所常用的传统色，灰色的花岗岩取代了灰色小青瓦，以追求更好的统一色彩和纹理，建筑尺度与苏州传统民居也极为相似，以此把该建筑与苏州传统的城市机理融合在一起。

色的联想就多数人来说具有其共通性，一般地说，它与传统密切相关，按照色所含的特定内容，色的象征主义便流行起来。色的象征性既有世界共通的东西，也有一些由于民族习惯而不同的东西。认识这一点，可以运用色彩加强汉字的传达。

红是火的颜色，给人联想到热情。它又是血的颜色，用它表示爱国主义的精神，或象征共产主义。另外，红意味着危险，被用作禁止通行的信号，还使人联想到火。在我国红是吉祥色，多用于传统节日。黄色是太阳光的色，在我国是皇帝用色。现在意味着伟大和神圣，在中国很受欢迎。黄色同时也是安全色。绿色是大自然的草木之色，因而有自然生长的意味。一般绿色被用来象征和平与安全。在我国表示繁荣和年轻。蓝色在我国没有特别的意义，在清朝中皇族建筑的牌匾对联中常用。紫色曾被用于皇帝的服装色，是高贵的象征。白表示纯粹与洁白、善、投降。在我国，白是丧色。黑意味着不吉祥和罪恶，象征沉默和地狱。

第四节　色彩的通感

一、色彩与音乐

人的感觉器官是互相联系、互相作用的整体，任何一种感觉器官受到刺激以后，都会诱发其他感觉系统的反应，这种伴随性感觉在心理学上又称为"共感觉"或"通感"。历史上有人把不同风格的作曲家的作品与色彩联系起来，有人说莫扎特的音乐是蓝色的，肖邦的音乐是绿色的，瓦格纳的音乐则闪烁着不同的色彩，曾有一位心理学家说古诺的音乐引起紫色的联想等。虽然这些说法过于笼统，可是却说明了人们在欣赏音乐时是可以理想到丰富色彩的。

就像绘画离不开颜色一样，音乐艺术也离不开音色，而音色与颜色之间存在着自然的联系。在音乐作品中运用不用的音色与在美术作品中运用不用颜色是极为相似的。音色与颜色同样能给人以明朗、鲜明、温暖、暗淡等感觉。有许多音乐家把音乐与颜色相比拟，把它们分别联系起来，1876 年，当时著名音乐家波萨科特提出了一个音乐家们可以接受的比拟，弦乐、人声：黑色；铜管、鼓：红色；木管：蓝色。而指挥家高得弗来提出的见解是：长笛：蓝色；单簧管：玫瑰色；铜管：红色。这种比拟得到更多人的赞同。

二、色彩与味觉

饮食文化讲究色香味俱全，其中色彩排在首位，色彩可以促进人们的食欲，有色彩变化搭配的食物容易增进食欲，而单调或者杂乱无章的色彩搭配则使人倒足了胃口。色彩具有味觉感，这种味觉感大都由人们生活中所接触过的事物联想而来，在过去的经验中，我们所食用过的食物、蔬果等色彩，对味觉形成了一种概念性的形式。因此对于我们未曾食用过的食物，往往会先以它拥有的外表色彩，来判断其味道。

酸：使人联想到未成熟的果实，因此酸色即以绿色为主，从果实的成熟过程中颜色的变化情形得到概念。因此，黄、橙黄、蓝等色彩，都带有些微酸味的感觉。

甜：暖色系的黄色、橙色最能表现甜的味道感。另外，明度、纯度较高且清色者亦有此感觉，如粉红色、象牙色的冰淇淋比较具有甜味感。

苦：以低明度、低纯度带灰色的浊色为主，如灰、黑、黑褐等色，这些色易让人联想到咖啡或者中药。

辣：由辣椒及其他刺激性的食品联想到辣味。因此，以红、黄为主。其他如绿色、黄绿的芥菜色、生姜色也是辣味感的色调。

涩：从未成熟的果子得到了涩味的联想，所以，带浊色的灰绿、蓝绿、橙黄等色都能表示涩味感。

色彩在就餐时对人们的心理影响很大，餐厅环境的色彩能影响人们就餐时的情绪，因此餐厅墙面的装饰绝不能忽略色彩的作用。要考虑到餐厅的实用功能和美化效果。一般来讲，就餐环境的气氛要比睡眠、学习等环境轻松活泼一些，并且要注意营造一种温馨祥和的气氛，以满足家庭成员的一种聚合心理。餐厅墙面的色彩设计因个人爱好与性格不同而有较大差异。但总的来讲，墙面的色彩应以明朗轻快的色调为主，经常采用的是橙色以及相同色系的"姊妹"色。这些色彩都有刺激食欲的功效，它们不仅能给人以温馨感，而且能提高进餐者的兴致，促进人们之间的情感交流。当然，在不同的时间、季节及心理状态下，对色彩的感受会有所变化，这时可利用灯光的折射效果来调节室内色彩气氛。

颜色的搭配不同会产生极为不同的效果。设计师运用色彩时会挖掘和发挥色彩本身的个性，并在设计中加入设计师个人的色彩偏好和用色习惯，因此形成个人不同的色彩风格。色彩问题是科学的，但在运用的时候是感性的，它们会影响人们的心理感受，正因如此色彩表达才更加丰富和自由，设计师也才能够更多地运用色彩表达情趣、意境、情调等。情趣与意境并非是凭空想象的，它有对色彩理论的知识积累，还有更多来源于对生活的细微观察，好的设计作品不是程式化的、呆板的、教条的，而应该是充满生命力的，充满创造力，充满激情的。

第八章　色彩的传达方法

第一节　色彩的采集与重构

艺术来源于生活，色彩构成也是如此。我们按照色彩的基础理论来设计画面的色彩多少会带有一些固定模式和个人的色彩倾向，往往会导致画面的色彩搭配不够灵活和生动。所以，怎样的配色，什么样的配色才是优秀的，吸引人的眼球，这个问题普遍是以设计师的判断力为基础直观地选择色彩，有敏锐色感的人，当然希望随意去作，可是对于没有经验却很努力的人，则希望有更具体的选择配色的方法。适合这个目的的方法是对既成配色的模仿。我们应该从生活中、从传统文化中吸取营养，将其作为色彩灵感源，通过对色彩灵感源的分析、采集与转移、重构来设计画面的色彩，这是我们这里所要谈的重点。

一、从大自然中采集与重构色彩

自然界的春华秋实，朝霞碧海，冷月烈日无不具迷人的色彩。大自然的色彩是我们取之不尽用之不竭的灵感源泉，对大自然色彩的采集和重构是我们重点要掌握的。

（一）从动植物中采集与重构色彩

动植物的色彩在自然界中是最丰富的色彩。图8-1海底生物，图8-4花卉，色彩艳丽明快，变化生动。有些动物的毛发，大面积的色彩上有对比色作为点缀；有些动物周身色彩对比十分强烈；还有些动物的色彩统一中略有少许的变化，非常微妙。面对动物的色彩变化我们应该从感性上出发，在理性上分析，对采集来的色彩按照色彩规律进行重新的组和构成（图8-1～图8-6）。

首先要本着从整体着眼、局部入手的原则，将海葵和花卉色彩的所有色相进行分类采集，其次通过分析、简化，提炼出我们能用的色相，根据实际画面需要再通过二次加工组合构成画面的色彩关系，在我们采集、重构画面色彩时，可以参照采集源的色相比例，也可以根据所要表现的主题按照新的比例搭配画面色彩。但是要注意分出主次，以免产生色相搭配的混乱和生硬。

图8-1　海葵

图8-2　海葵的采集色彩

图8-3　利用色彩采集方法，重新构成画面的色彩（王嘉伟）

图8-4　花卉

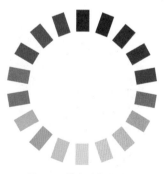

图8-5　花卉的色彩采集

图8-6　利用色彩采集方法，重新构成画面的色彩（徐友超）

（二）从风光景物中采集与重构色彩

风光景物的色彩往往比较浑厚，整体感强。采集色彩的时候一定要以大的色彩关系为主，重构色彩时根据主题，合理地搭配采集得到的原始色彩，突出表现画面色彩的整体气氛。比如我们从一幅荷花塘中采集与重构色彩（图8-7）。在色彩构成中分别使用了墨绿、土黄、熟褐、赭石色来构成画面（图8-8、图8-9）。画面的色彩非常丰富，色彩明度和饱和度偏低，色调凝重。根据这些特点，我们采集提炼出可以使用的色彩，以带有色彩倾向的灰色调为主，再配合其他色彩来构成画面。

图8-7　荷花塘景色

图8-8　荷花塘的色彩采集

图8-9　利用色彩采集方法，重新构成画面的色彩（王嘉玮）

（三）从城市景观中采集与重构色彩

城市是我们的第二自然环境，我们也可以从城市的环境色彩中采集色彩。图 8-11 的色彩采集于室内建筑环境（图 8-10）的色彩，再利用这些色彩的元素来构成画面，图 8-12 的色彩构成基本上是将图 8-10 色彩的色相、饱和度等直接移植到画面中来。

图8-10　室内建筑

图8-11　室内建筑的色彩采集

图8-12　利用色彩采集方法，重新构成画面的色彩（徐友超）

二、从文化艺术中采集与重构色彩

文化艺术包括音乐、戏剧、电影、绘画、文学等。这些艺术门类都和色彩息息相关，但是和植物、建筑相比较会显得抽象一些。从文化艺术中采集色彩我们更多的是利用采集、意译与重构的方法。

（一）从音乐中采集与重构色彩

通过音乐来采集色彩基本就是采用意译与重构的方法。音乐可以带给我们无限的想象和创作灵感，音乐的色彩也是异常丰富的，但是需要我们有通感和联想的能力才能把这种抽象的音乐色彩运用到画面中来，这也就是意译与重构。采集音乐的色彩也是有一定的规律的，如音乐的七个音节可以和色光的七个色相对应，音量的大小可以对应色彩的明度，音的强弱可以对应色彩的纯度。

（二）从绘画中采集与重构色彩

由经典绘画作品得到色彩的启示是我们在设计时摆脱自己固有的用色习惯，体验经典色彩搭配和更多的色彩情趣的极其有效的方法之一。

图 8-13 是塞尚的油画作品，画面色彩古雅、深沉，色彩饱和度偏低。我们采集、移植这些色彩（图8-14），将其运用到设计中，并且在局部进行色彩移植后的重新构成。画面的色彩以采集到的冷色为主色

调，并适当的加入了紫色和绿色等中性色彩，同时点缀了少量的暖色。画面的整体效果很好，暖色的运用使画面更有生机（图 8-15）。

图8-13 塞尚的油画作品

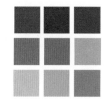

图8-14 油画色彩的采集

图8-15　利用色彩采集方法，重新构成画面的色彩（杨文博）

三、从传统艺术中采集与重构色彩

传统文化是我们取之不尽用之不竭的艺术灵感源泉，借鉴传统艺术的色彩常常会对我们的设计创作起到事半功倍的作用。我们这里仅以具有代表性的民间美术来讲解说明。

民间艺术是最贴近人们生活的、土生土长的、百姓喜闻乐见的实用艺术。民间艺术的范围很广，包括剪纸、玩具、年画、刺绣、扎染、蜡染、壁挂、泥塑等，基本上都具有纯真、质朴的品质，鲜艳浓烈的色彩，并具有乡土气息和地域特点。

图 8-16 是民间的刺绣，大量使用高纯度的色彩，色彩艳丽，对比强烈（图 8-17）。在设计中重构这些色彩时，降低了色彩的明度以调和这种强烈的对比，使画面既具有民间艺术的色彩装饰效果又不失时尚的元素（图 8-18）。

图8-16　民间刺绣

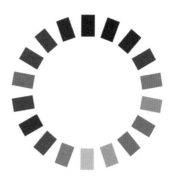

图8-17　色彩的采集

图8-18　利用色彩采集方法，重新构成画面的色彩（徐友超）

第二节　色彩体现的空间

在平面中如想获得立方体、有深度的空间感，一方面可通过透视原理，用对角线、重叠等方法来形成；另一方面也可运用色彩的冷暖、明暗、纯度以及面积对比来充分体现。

上述种种对比效果表明，色彩能使人的眼睛产生趋前或倾后的空间距离感觉。因此，表现物体之间色彩关系的正确性合理性，是体现空间感的重要因素，它使人的视觉产生色彩透视空间；这也就是说，色彩的关系体现了景物的远近关系，即色彩的透视关系。

（1）明度、纯度、冷暖对比所产生的空间效果

造成色彩空间感觉的因素主要是色的前进和后退。色彩中我们常把暖色称为前进色，冷色称为后退色。从明度上看，亮色有前进感，暗色有后退感。在同等明度下，色彩的彩度越高越往前，彩度越低越向后。

（2）色彩的面积对比所产生的空间效果

色彩的面积大小也影响着空间感，大面积色向前，小面积色向后；大面积色包围下的小面积色则向前推。在形的方面，完整的形、单纯的形向前，分散的形、复杂的形向后。

（3）色彩的光线、位置对比所产生的空间效果

对空间的观察和表现，都必须着眼于对象全部空间环境的相互关系，而要防止孤立地先注重某一物体或某些局部关系的倾向。因为自然景物或组合的静物，即使是受同一光源的照射，但由于各个物象的形体和颜色的不同，所处的位置有别，受光的强弱各异，就会构成错综复杂的视觉现象，这就是前与后、强与弱、虚与实等空间感觉的来由。只有全面地、周密地观察整个描绘对象的空间关系，对之有一个总的认识，才可以处理好每一个局部，并且，还必须以这个总体认识作为描绘合理的依据，这样才会出现一个具有完整的空间感的画面。图8-19 ～图8-22为学生作品。

图8-19　学生作品（闫红红）

图8-20　学生作品（许付娟）

图8-21 学生作品（吕阳）

图8-22 学生作品（杜珂馨）

第九章 二维构成的拓展与延伸

平面构成、色彩构成的基础知识与实践设计相结合，是二维构成教学中最重要、也是难度最大的环节，如何将二维构成的基础知识，与各个门科的设计相衔接、融合，是一个需要我们不断去探索的课题，在这里，将各门类的设计的精髓透过二维构成的视角来阐述。

在建筑和室内设计中，设计者除考虑空间的功能以外，更重要的要考虑空间的内涵及质量，这种内涵及质量通过一种特定的形式表现出来，也就是我们通常所说的建筑造型，而影响建筑造型的因素主要是建筑的形式、尺度、比例、色彩、质感等。人们对看得着、摸得到的构件所围合的"空间"比较容易理解，从设计美学角度上考虑就是空间内各个零件的组合。如果说建筑的形式，形式是空间造型的躯体，色彩则是空间造型的血肉和灵魂……

在视觉艺术的形式语言中，构图、造型、色彩是三大要素。在视觉设计中，色彩作为给人的第一视觉印象的艺术魅力更为深远，常常具有先声夺人的力量。而色彩所赋予的对象，即所表现的内容与形式更具有极其重要的意义，影响着人们的视觉。因此在艺术设计中设计师总是先通过缜密的形式构思，再将表现内容充实，再通过色彩这一重要手段在设计作品中赋予特定的情感和内涵，为人们创造着美好的生活，诠释着美的真谛。

第一节 二维构成在建筑设计中

图 9-1 为 2008 年奥运游泳比赛场馆——水立方，它的外形设计简约、新颖，外轮廓采取简单垂直线条的方形，每个面的外沿都是由不规则的多边形组合，巧妙地利用了平面构成中的近似形的重复构成，采用湖蓝色和紫色两个邻近色组合进行对比，配上白色和黑色作调节，整体外沿的建材选用最新的感光材料，夜晚在灯光的映衬下在显得更炫目更现代。

图9-1 奥运游泳馆水立方夜景图

林达海渔广场入口处设计的是一个大型的海星，镂空的部分是神仙鱼的重复构成的组合形式，利用反光材料、色彩的特点，营造了海底世界的效果（图 9-2）。

图9-2　林达海渔广场入口景观设计（意向方案）（金磊）

坦纳利佛音乐厅的外观设计，选用简单的几何形态组合在一起，直线、弧线的交错，体现了音乐的节奏和韵律（图 9-3）。

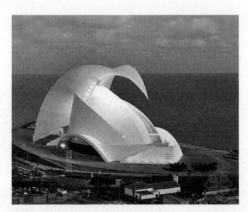

图9-3　坦纳利佛音乐厅圣地（亚哥·卡拉特拉瓦）

这些立方米房屋的原来的想法是 20 世纪 70 年代别布洛姆提出的，建在鹿特丹市的赫尔蒙德。

鹿特丹市要求他设计房屋顶部的人行天桥，他决定利用立方米房屋的想法。他试图建立一个森林，每个立方体代表一个抽象的树，因此全村成为森林（图 9-4）。

图9-4 方米家（鹿特丹，荷兰）

北方的 LB 建筑是德国汉诺威的图书馆，借鉴书的造型，简洁的直线条的方形通过圆柱体穿插不规则组合，顶方采用方形的，形的大小渐变排列组合，营造了乱中有序的氛围，体现出建筑物的现代、独特的特点（图 9-5）。

图9-5 北方的LB建筑（德国汉诺威）

德国 J.Mayer H. 建筑师事务所与建筑师 Sebastian Finckh 合作共同完成了汉堡 Home.Haus 孤儿之家的设计修建。该建筑位于原有的孤儿院之内，可为 12 个孩子提供单间或双人间。同时，它还包括体育音乐教师房间、一个婴儿启蒙教室、厨房和活动室。

这个建筑以两种色彩的幕墙为特色，像是家一样拥抱孩子们。中央楼梯将各个空间巧妙地隔开，为孩子们创造了一个中央开放空间（图 9-6、图 9-7）。

图9-6　汉堡Home.Haus孤儿之家1　　图9-7　汉堡Home.Haus孤儿之家2

第二节　二维构成在室内设计中的应用

图 9-8 片为创意室内设计，大量的红色的立方体的重复组合，通过大小不同，位置不同的变换组合方式，营造一种神秘的气氛，大面积的红色和分散的绿色互补，交映成辉。

图9-8

图 9-9 是一个借鉴古老欧式风格的室内设计，室内的家具陈设摆放，采用了对称式的布局，室内的装饰品，也是完全的对称式，采用邻近色的简单的色彩，营造了整齐的、秩序井然的、典雅的室内空间。

图9-9

图 9-10 中室内装饰设计，采用了简单的、单一的、面积相等的圆形和不规则的点的造型重复构成组合装饰，错落有序，色彩选用单纯的原色红色与墙面的白色形成鲜明的色彩对比，具有强烈的前卫、简约的设计感。

图9-10

墙面设计一向是室内设计很重要的环节，通过其色彩、图案等的变换，可以创造出各种不同的居室效果，此图的卧室设计，在墙面的丰富的图案和地面、家具琐碎的图案的氛围中，配合不同色相的注入，墙面低纯度色相的纯度、明度的微弱对比，与家具丰富的色相对比，创造出一种超自然的、梦幻般的空间（图 9-11）。

图9-11

　　图9-12为国外一所学校的走廊设计，原始的水泥墙的秩序性的重复组合配合着水泥的肌理效果，与对面的单纯整体的黑色墙面形成鲜明的对比，天花板的英文字母与箭头标志的装饰，加上走廊一侧的玻璃窗的直线条的框架结构，配合白色的圆柱，将点、线、面元素自由巧妙地组合在一起。走廊里除了木地板是浅棕色，其余部分只采用了黑、白、灰单纯的色彩，烘托了学校秩序、严肃、紧张的氛围。

图9-12

图9-13

图 9-13～图 9-19 的设计主题为紫色幻想，地毯的单纯的黄色和背景的紫色图案，从形式感和色相都形成了很鲜明的对此和互为补充，圆形的床和正方形、长方形的陪衬物造型上也相互对比，其图案也采取简单的直线分割出几何形的图案，色彩也都是采用紫色和黄色这一对补色的邻近色，并用黑色和白色加以分割。与两种背景营造出一种梦幻般的感觉。

图9-14

图9-15

图9-16

图9-17

图9-18

图9-19

第三节　二维构成在视觉传达设计中

图 9-20 运用分解重构的构成形式，将一个整体的图案秩序性地破坏从而产生新的形象，切割整体，形成强烈的视觉印象。

从色彩构成上来讲，力量感的表达在于对于明度对比的强调，灯光照射着海蓝色，再加上处于运动状态的游泳健儿黝黑健康的肤色，这些彩色的图形给人一种强壮和精力充沛的心理感受。

图9-20

图 9-21 运用空间混合的表现方法，通过色彩明度对比和色相的对比，营造出一种神秘、遥远、梦境的气氛。

图9-21

图9-22中多次重复使用子弹头这一单元形，重复单元形易于产生统一的观感，同时运用对比的构成方法，在统一中寻求变化。

图9-22

图9-23～图9-25运用比拟的构成方法，将物品拟人化，给单调的物品赋予新的寓意，给人以联想。

从色彩上来讲，运用色彩的对比，纯色的背景与色彩鲜艳的物体形成对比，这样更能将人的视觉中心集中在物体上。

图9-23

图9-24

图9-25

图9-26运用近似构成的方法，在重复骨骼的基础上，利用对单元素造型形象的相加和相减，伸展与压缩的方法而形成的。

从色彩构成上来讲，大面积运用黄色与紫色，对比色的运用使整个画面的视觉感极佳。

图9-26

图 9-27 运用近似构成的方法，近似形状的排列比较活泼，在统一中呈现生动变化，让人的视觉活跃于微妙的变化之中。

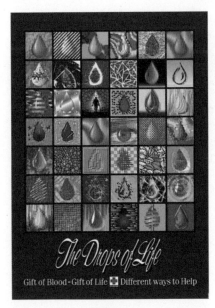

图9-27

图 9-28 用几何的点、线、面综合构成，形成稳定、同时不是活泼的视觉效果，大块黄色、红色、绿色、蓝色的运用，使这些色彩在面积上形成对比。

图9-28

图 9-29 是自由曲线的组合构成，运用线的粗细渐变、疏密对比形成视觉中心，也形成了画面黑白灰层次的变化。

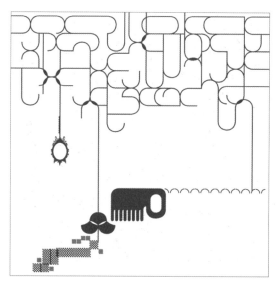

图9-29

图 9-30 是重复构成的设计作品，所选的基本造型生动简练，形状的重复不但给人以深刻的印象，还能造成有规律的节奏感，从而使画面统一。

图9-30

图 9-31 运用自由曲线有序地排列构成，形成律动的视觉效果，简洁的画面、强烈的对比加强了视觉冲击力。

图9-31

图 9-32 是点、线、面的综合构成，点线面之间频繁地发生联系，应用统一的秩序原理构成整体结构，在无序中寻找有序。

图9-32

图 9-33 运用相对重复的构成方法，在物品造型重复的前提下，部分要素产生规律性的变化，相对重复使构成方式于严谨中显示丰富。

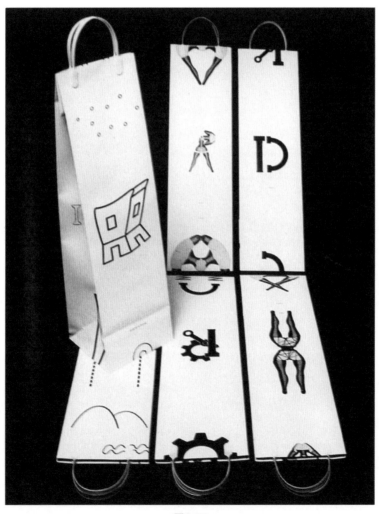

图9-33

图 9-34 ～图 9-36 该组图片运用的是抽象构成，一个具体的形被概括提炼之后，仍保留原形的本质特征，有次产生的新形就是原形的抽象，抽象手法创造的形态，可能使抽象形，也可能是有具象特征的意象形，改组图片即为具有具象特征的意象形。

图9-34

图9-35

图9-36

　　色彩之美在与和谐，而和谐源自对比与调和，该图运用的是色彩的对比与调和，借鉴了传统刺绣的纹样和色彩，这种组合要达到既变化又统一的和谐美，不是依赖要素一致，而是靠这种组合秩序来实现（图9-37）。

图9-37

　　图9-38、图9-39选取大厦的局部这个独特的视角，运用的是绝对重复的构成方法，相同窗格的重复，无疑会加深印象，使主题得以强化，也是最富秩序和统一观感的方法。

图9-38　城市一角1　　　　　　　　图9-39　城市一角2

图9-40为包装设计的图案，运用的是单元形的重复，将单元形纳入一定的空间，以图、底的形式呈现，图与底之间的配置变化，可以使逻辑构成的内容得到进一步的丰富。

图9-40

图9-41是点与线的运用，点是力的中心，一个单纯的点在画面中能集中视线，成为稳定的中心，线是运动的轨迹，水平线与斜线的运用使整个画面具有开阔、延伸、平和、寂静的感觉。

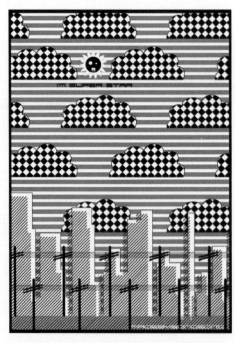

图9-41

图 9-42 运用的是密集的构成方法，密集是设计中常用的一种组织图面的手法，将大小不同的字母所指向的基本形趋向一个焦点，给人以很强的视觉冲击力。

图9-42

图 9-43 是一个交通示意图，图面的构成为点、线、面的综合构成，运用密集的字、弯曲的线、大块色彩的间隔疏密、大小变化、线的不同角度的弯曲，以及聚散来表现延伸的空间感。

图9-43

二维设计构成

　　图9-44运用的是对比的构成方法，任何基本形只要处在相异的状态都会产生对比，形状在画面面积的大小不同会产生面积的对比，大面积的蓝色与黄色、白色由于色相、冷暖的不同而产生色彩的对比。

图9-44

　　图9-45～图9-47从平面构成上来讲，运用的是点线面的综合构成，点动成线，线动成面，不同字的位置的排列方式构成线，线具有丰富的表现力，点线面按照一定秩序加以排列和组合，就会产生不同的视觉效果。

　　因色相之间的并置产生的视觉对比称为色相对比，不同的色相给人以不同的视觉感受，如红色给人以热情，蓝色给人以平静等。

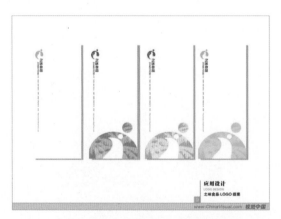

图9-45

图9-46

图9-47

图9-48 抽象的造型，不同的形状在同一空间中固然会产生一定的对比，从色彩上来讲，黑白是对比强烈的颜色，跳跃的绿色丰富了画面。

图9-48

图9-49～图9-52运用的是平面构成中的重复构成形式。

该组图片都是光盘的设计，不同构成方法的运用给人以不用的视觉感受。

图9-49是平面构成中线的运用，有线的曲直，弯曲的变化排列构成了具象的图形。还是点、线、面的综合运用，简洁的线条，抽象的形状组成了新的图形。

图9-50在形的大千世界中，最简洁的当属抽象几何形，该图运用的就是抽象的人物形

图9-51是几何曲线在平面构成中的应用，由于曲线粗细渐变加强了画面的节奏感和韵律感。

图9-52运用的是基本形的重复，此种类型的重复可产生统一、和谐、整齐的效果。

图9-49

图9-50

图9-51

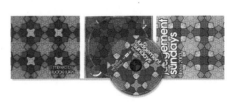

图9-52

图 9-53 为大厦共享空间的设计，为了突出大厦的高耸、动感，采用的是大小重复的构成方法，用相似的蓝色的圆球为单元形，与大厦本身的直线型的建筑结构形成鲜明的对比，有节奏地变换大小、数量的组合，进行重复排列，此特点是比较有秩序感，简洁有序，营造出有一种灵动的节奏感。

图9-53

图 9-54 运用的是近似构成的方法，在重复骨骼的基础上，利用对圆形的相加与相减，伸展与压缩的方法形成的。蓝色与玫红色形成色彩冷暖基调对比关系结构形成的。

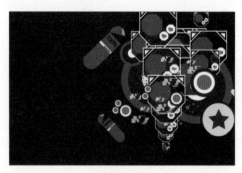

图9-54

　　自然界中两个完全一样的形状不多见，但近似的形状却很多，该组图片图 9-55～图 9-57 运用的就是近似构成形式，在形状、大小、排列上的不同，构成新的图形，在统一中呈现出生动变化的效果。

图9-55

图9-56

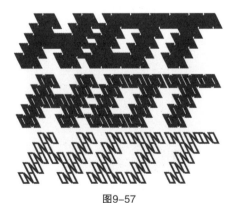

图9-57

图 9-58 运用的是点线面综合构成形式，很好地把握了各元素之间的变化关系，并运用线交错的不同排列的方向感，排列与面的结合，使画面更加完整。

图9-58

图 9-59 运用的是叠合构形的方式，两形相遇，共用同一形，共用形充满机巧的智慧，不仅使形与形间产生联体般的有机结合，还使得主题得以双向化。

图9-59

图 9-60 运用冷暖强弱对比，这种对比具有视觉感强，色相反差大的特点，同时运用了面积的对比，大面积的白色、黑色与玫红色形成强烈的对比。

图9-60

图 9-61 运用的是分割的构成方法，根据内容的需要，把一个限定的空间按照一定的方法划分成若干个形态，形成新的整体。

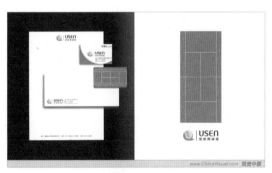

图9-61

　　图 9-62 运用的是打散构成，打散构成是一种分解组合的构成方法，把一个完整的整体分为多个部分，从不同的角度来观察、解剖事物，产生新的美感，色彩上采用明度对比的方法，给人以深刻的印象。

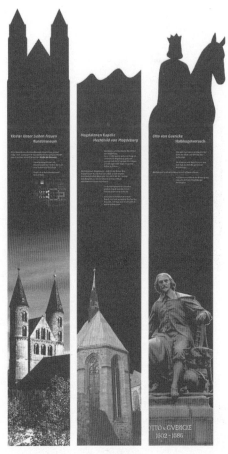

图9-62

　　图 9-63 运用的是特异的构成方法，在重复渐变的基础上进行突破变异，大部分基本形式都保持着一种规律，一小部分违反了规律让其成为视觉中心。从色彩上来讲，根据色相的不同给人以不同的视觉感受。

图9-63

图 9-64 是几何曲线的构成的运用，由于曲线的粗细、渐变，图的黑白对比，加强了画面的节奏感与韵律感，给人以柔美的视觉效果。

图9-64

图 9-65 是抽象图形的运用，按照形象的相近、相似或连续等特性，将其组织成简洁完美的结构，视觉天生就有归纳和完整的本领，人的眼睛总是倾向于把图形看成最简洁的形状。

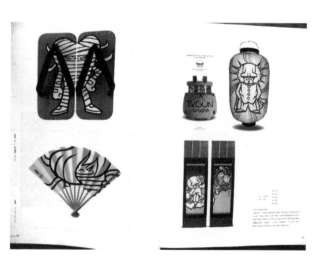

图9-65

二维设计构成

图 9-66 运用的是同形异构的方式，外形相同，内部结构不同的造型方法，通过重复形的轻度变化、夸张的形象，让作品具有很强的视觉冲击力。

图9-66

图 9-67 运用的是重复的构成方法，在形状的近似中，一般首先以一个基本形作为原始的材料，然后在这个基础上进行加、减、变形、正负、大小、方向、色彩等方面的变化，但这些形状之间有类似的关系，将近似的形有序地排列，通过形体本身的趣味性的变化，同时色彩上的强烈对比，给人以很强的视觉冲击力。

图9-67

图9-68 片采用的是隔离调和的表现方法，利用色块的位置变化进行隔离处理，以此取得调和的效果，在对比色中插入双方都带有的联系色从而达到调和的目的，营造了一种强烈的波普效果。

图9-68

图9-69 运用了色彩冷暖基调对比，体现在色相和色彩面积的控制上，如果寻求有倾向性色相的色调关系，应确立主色面积大到足以使整体的色彩效果倾向于它，才能达到视觉上的统一。

图9-69

图 9-70 运用的是重复构成，规律性骨骼的秩序排列，将基本形纳入其中，基本形的方向发生变化，使画面显得整体且不失生动。

图9-70

图 9-71 运用了线，线的构成设计，以线造型，用线来表达对事物的理解，将曲线按照一定的秩序加以排列组合，自由曲线是用尺子表现不出来的线，通过与面的重新组合，更具有曲线的特征，富有自由、优雅的柔美感。

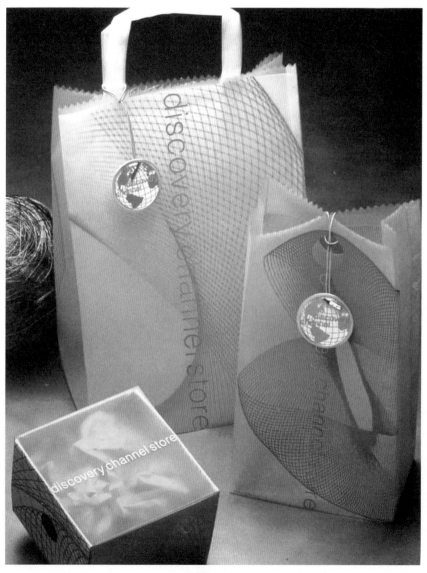

图9-71

图 9-72、图 9-73 运用的是色彩的对比与调和，近似色经过明度、纯度的对比使画面变得柔和，形成了色彩调和的效果。

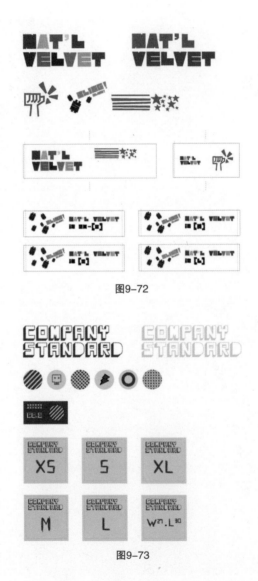

图9-72

图9-73

图 9-74、图 9-75 片采用了相对重复的构成方法，在整体重复的前提下，部分要素或形状或颜色上产生规律性变化，以产生丰富的视觉效果。

图9-74

图9-75

图 9-76 采用的是基本形的重复，不平面构成中不断重复使用同一形象，此种重复可产生同一、整体的效果。

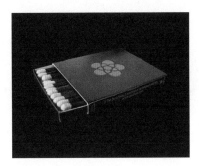

图9-76

图 9-77、图 9-78 运用的是大小的重复，相似或相近的格子形状在大小、色彩面积、位置上进行重复，可以产生秩序化的观感。

该组图片采用推移构成设计，从构图形式、色彩层次、纯度变化、明度变化、有序地进行推移、组合，使画面具有浓厚的现代感和装饰性。

运用渐变的构成方法，赋予图像线的含义，在渐变中寻求统一。

图9-77

图9-78

图 9-79 运用了异形异构的构成方法，异形异构属于差异性较大，关联性较小的一类，外形和内部结构不同，色彩采用的是隔离调和的表现方法，利用色彩位置、大小、形状的不同进行隔离处理。当色彩过分刺激或含混不清时，为使画面达到统一调和的色彩效果，可用黑、白、灰或同一色加以勾勒，以求统一，但内在的趣味性和功能性是一样的。

图9-79

图 9-80 是以色相为主调的调性表达，突出色相的相貌品质，强调冷暖对比和面积对比的协调结合，给不同的造型用色彩重新的诠释，从而达到调和的目的，给人以柔和的视觉享受。

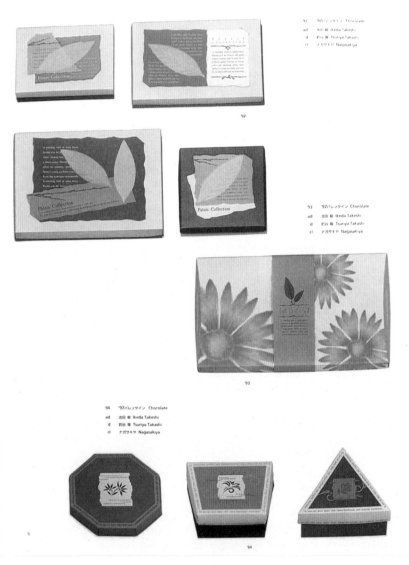

图9-80

　　图 9-81 ~ 图 9-84 是京剧脸谱的造型设计，在反应其故事人物特征之外，利用了二维构成的各种形式美的法则手段。基本采用的是同形异构的构成方法，外形相同，内部结构不同的造型方法，外形都是脸谱的造型，但内部通过点线面各种形式的变换，利用色彩的色相、明度、纯度不同变化从而产生对比，画面丰富，视觉效果佳，更加强化了人物特征。

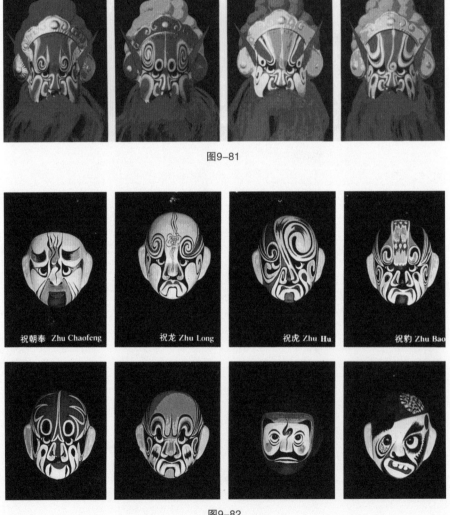

图9-81

祝朝奉 Zhu Chaofeng　　祝龙 Zhu Long　　祝虎 Zhu Hu　　祝豹 Zhu Bao

图9-82

图9-83

图9-84

图9-85运用了色彩冷暖基调对比，体现在色相和色彩面积的控制上，如果寻求有倾向性色相的色调关系，应确立主色面积大到足以使整体的色彩效果倾向于它，才能达到视觉上的统一。近似的形通过重构形成形的造型，近似形的排列比较活泼，它表现的是在同一中呈现生动变化的效果。

图9-85

图 9-86 通过近似形的密集、发射的构成方法，给人以很强的视觉冲击力，该构成方法重复构成的一种特殊形式，它没有明显的骨格，而是运用大量近似的字符群集在一张画面上，或密集或发射，利用基本形数量和排列的不同，产生疏密、虚实、松紧的对比效果。

图9-86

　　图9-87、图9-88是一组 VI 设计，利用了点、线、面的综合构成，通过点线面的排列、聚集、分散、重构及疏密对比形成视觉中心，给人以明确的方向感，又加入了色彩纯度的对比，是因色彩纯度的差异而形成的色彩鲜浊对比的，这种对比可以一种色相纯度鲜浊对比，也可以是不同色相间的纯度对比，形成视觉上的引导，同时形成了画面黑白灰的层次变化。

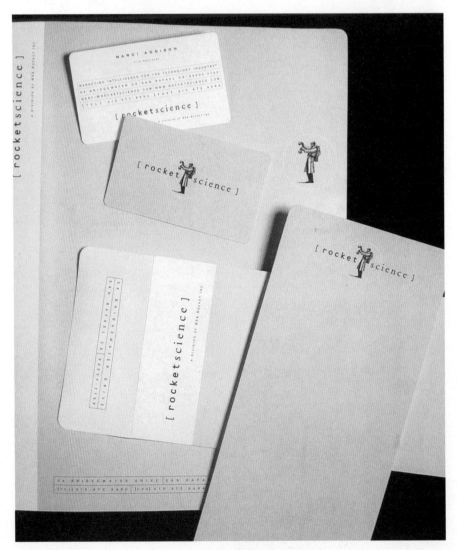

图9-87

图9-88

　　图9-89～图9-91运用的是形相遇的构成设计，利用两个或两个以上的单元要素，通过分离、相接、重叠、联合、减切、重合等相遇的方法，形成新的形象，相同的外形但却有着不同的内部造型，各具形态，这些各具形态的图形，共同组成具有趣味的近似画面，图中抽象简笔脸的造型组合搭配形式多样，造型活泼，富有浓郁的趣味性，注重虚实对比，视觉效果极佳。

图9-89

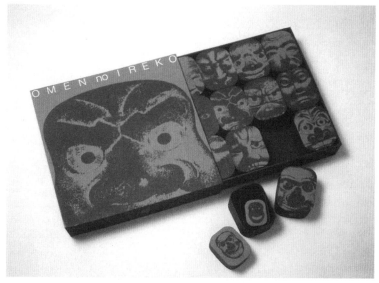

图9-90

图9-91

　　"逃之夭夭"是一个清洁剂的广告设计，这则广告具有很强的艺术性、视觉冲击性，利用了构成中的形的联想方式，晶莹剔透的水形成的奔跑状的人物，与清洁剂的功效巧妙地结合在了一起（图9-92）。

图9-92

　　图9-93是一个关于酒后驾驶方面的公益广告，用纸张的褶皱表现冲撞，没有血腥，但看起来却很残酷，很精彩、巧妙地利用了纸的肌理效果，轻松地表现了形的联想。

图9-93

　　三菱汽车很人性化的广告，不只是宣传自己的车子性能有多强，也鼓励人们开车使用安全带，利用太太、孩子的双手的形象联想为安全带的形象（图9-94），非常贴心，营造了一个温馨的家庭氛围，使人们更要珍惜生命，安全驾驶！

图9-94

看到这样的场景真是让人哭笑不得啊！利用了快递车和救火车的形的重构方式，邮寄消防车的联邦快递，对消防局是讽刺，对快递却是非常有力的宣传（图9-95）。

图9-95

bamba 休闲鞋的广告，创意确实不错，一脸的鞋印，将脚印按照人形重复构成，蓝色的明度变化的色彩配合，使广告效果更加完美（图 9-96）。

图9-96

超棒的一条公益广告，主题是关于世界和平，看图片上的标志似乎是联合国发布的。手榴弹造型的青花瓷器与手榴弹的造型相结合，相得益彰，象征了和平就像瓷器一样脆弱，又同时告诉我们和平也像瓷器一样昂贵，追求和平不易，它随时如手榴弹一样容易爆炸（图 9-97）。

图9-97

动物园这次又有新动作了，这次打广告的动物是美丽的长颈鹿，长颈鹿的美丽的颈部被大胆地夸张塑造，并与路灯的造型完美地结合了起来（图9-98）。

图9-98

第四节　二维构成在服装服饰设计中

"蒙德里安格"源于荷兰抽象几何图案画家 Piet Mondrian（1872—1944）于1921年的代表作"线与色彩的构成"，将平面分割为简单的几何形体，将简单的色彩赋予其中，通过面积大小、色彩冷暖对比等因素巧妙地创造出不同的色彩组合，是平面构成和色彩构成完美的组合。这组设计图（图9-101、图9-102）是借鉴蒙德里安格的服装设计作品，由黑色粗线分隔红黄蓝白的大大小小方格而成。1965年时，YSL 以此艺术格演变出经典的"Mondrian Dress"，因而令蒙德里安格更广为人知。

图9-99

图9-100

在庆典和集会这类欢乐的气氛中，设计品的表现形式大部分都是夸张、对比强烈的，图中的女子的服装设计，大胆地夸大了帽子的造型并配合重复的折线，色彩多采用原色、亮色、纯色、彩度高的颜色，在色彩的映衬下，着装者变得更加醒目、突出，更好地烘托了节日的欢庆场面（图9-101）。

图9-101

图9-102～图9-104，都是服装帽饰创意设计，设计者巧妙地将形的联想的构成方式应用到了帽子设计中，采集自然中的绚丽的色彩，利用各种不同材质的色彩效果，达到了非常夺目的效果。

图9-102　　　　　　　　图9-103　　　　　　　　图9-104

第五节　二维构成在视觉传媒艺术中

图9-105～图9-107是奥运会开幕式的大型演出的其中几个节目的场景，图9-107中夜幕在舞台灯光的映衬下，重复构成的不规则的花朵的图案，带给人浓浓的春天的感觉，活字印刷是我们中国文明的象征，整齐、规则的活字模型，很有秩序地排列在一起，形成一个婉约的画面。

图9-108、图9-109是以人为单元形的重复排列组合，通过不同的队列变换，加上色彩渐变、对比等效果的配合，营造出一种气势磅礴的效果，加强了浓重的威严的民族气息。

图9-105

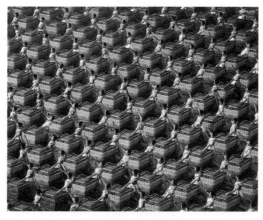

图9-106

图9-107

图 9-108 是一组手机屏保的设计，从画面构图，到图形处理，到色彩搭配，都遵循着平面构成和色彩构成的法则，色彩丰富，形象生动，具有很强烈的时尚感。

图9-108

第六节 二维构成在产品设计中

图9-109中此系列刀具设计主要用于旅游纪念品开发，有着浓郁的中国传统气息。造型设计灵感源于敦煌飞天，色彩源于敦煌藻井，赋予韵律的曲线造型、动感极强的装饰纹样、古朴而华丽的色彩将中国传统文化的意蕴诠释得淋漓尽致。

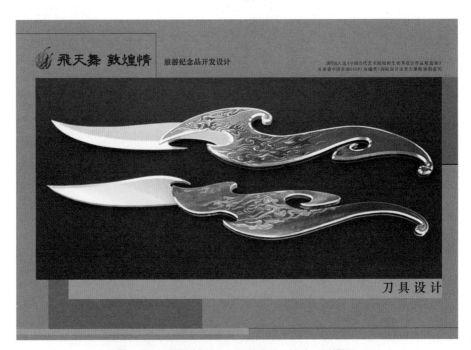

图9-109　旅游纪念品——刀具设计（宋达　赵慧颖）

图9-110～图9-112这是一组创意家具设计，作者将简单几何形体的家具，弯曲变形，突出了曲线的情感表达，将其巧妙地组合在一起，并应用了光的三原色红、绿、蓝，降低了其纯度，配以黑色混搭，将静止的家具幻化出动态的效果。

图9-110
Dust Furniture——扭曲的家具

图9-111
Dust Furniture——扭曲的家具

图9-112
Dust Furniture——扭曲的家具

图 9-113 ~图 9-117 是一组滑板设计，图形既有唯美的图案，也有富于创意的抽象造型，有含蓄内敛的同类色的变化，也有夸张自由的对比色的运用，将色彩和图形的关系，在小小的滑板上展现得淋漓尽致。

图9-113

图9-114

图9-115

图9-116

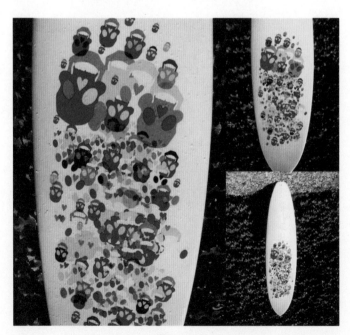

图9-117

图 9-118～图 9-121 是一组学生的色彩构成的综合训练系列，打破了原始的纸制的作业，将学生们自己设计搜集的图案，利用特殊颜料描绘在各种物品上，比如书包、鞋子、上衣、袜子等。既训练了学生的设计能力，又加强了学生的表现能力，并且还很好地激发了学生的潜能，大大地提高了学生的动手能力，使学生明白二维构成与设计的关系和真谛、设计的目的性。

图9-118

图9-119

图9-120

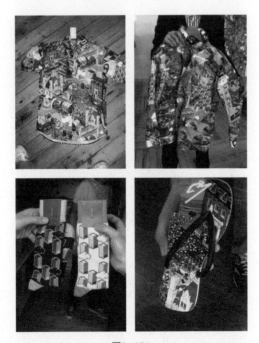

图9-121

图 9-122、图 9-123 是一组数码产品的外观设计，随着科技的进步，个性化的保护膜的产生，改变了大家拥有相同外观的产品的问题，人们可以根据自己的喜好，选择各种个性化的保护膜，不同的色彩搭配不同的图案，不同的画面组合。

图9-122

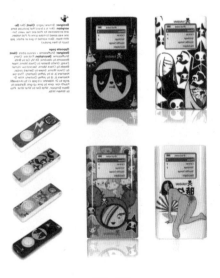

图9-123

图 9-124 是一组打火机设计，在同样小的长方形面积中，将 Flick my BIC 这个元素通过不同的形式变换赋予其中，配合不同的图形分割法，将点线面巧妙地组合在了一起，同类、近似、邻近等色彩搭配方法更加丰富了打火机的设计。

图9-124

图 9-125 为胸章设计，每一枚胸章都以圆形为基础型，在这小小的空间里，通过简练的图形色彩将其分割，填色。

图9-125

图 9-126 为一组沙发靠垫设计，最成功的地方，就是其色彩组合，做到了我中有你，你中有我的和谐统一的色彩关系，也有每个靠垫独立的特点效果。

图9-126

图 9-127 为玩具设计，运用重复构成的方式组合在了一起。

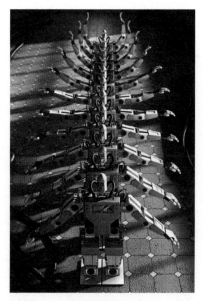

图9-127

第七节　二维构成在展示空间、橱窗设计中

图 9-128 是车展中大众 GOLF 的新车的展位设计，极具后现代风格的插画，将车与后背板巧妙地结合起来，将平面构成的点、线、面的元素发挥得淋漓尽致。色彩选用少量的不同明度的蓝色以及点缀了少量的红色，配以不同明度的黑色线条，在大面积的白色映衬下，很具有表现力，突出了现代、唯美、浪漫的汽车内涵。

图9-128

橱窗设计，是一个崭新的设计领域，它的时尚性、形式感，吸引着消费者的眼球，橱窗的空间小，有它的局限性，设计师利用构成的形式，营造出多重空间效果，该组图片（图9-129、图9-130）背景利用了单元形重复构成的方式组合构成，增强视觉冲击力，色彩选用流行色的色彩组合，配以黑白色的搭配。

图9-129

图9-130

图9-131～图9-135为展厅设计，注重空间分割，简单的直线、曲线线条、点线面的构成，将展厅巧妙分割，色彩多选用企业形象色、原色，搭配黑色、银色抑制其色彩的跳跃感，拉近企业和参观者之间的距离。

图9-131

图9-132

图9-133

图9-134

图9-135